佐川光晴

駒音高く

実業之日本社

実業之日本社文庫

目次

駒音高く

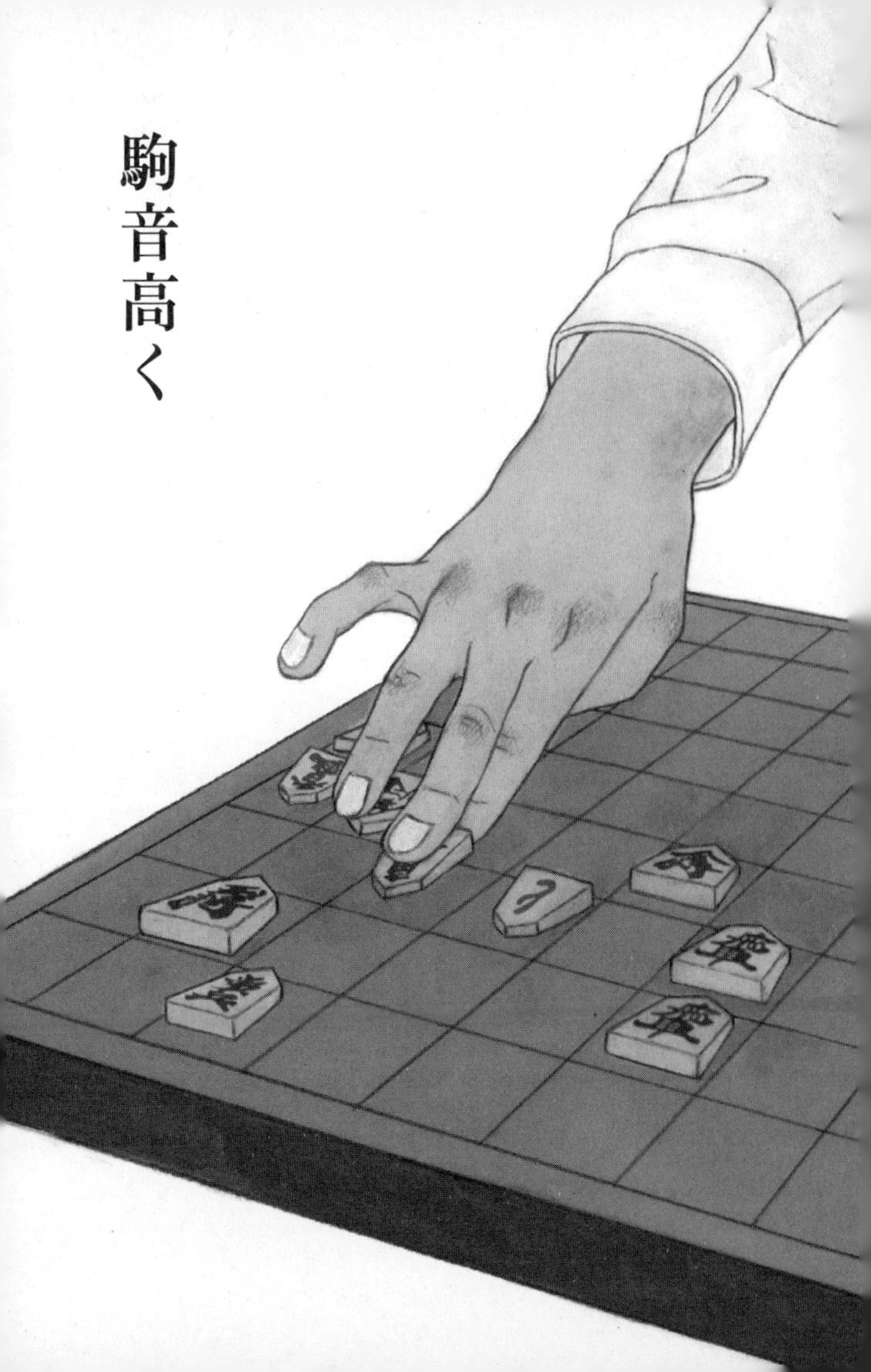

扉絵　高杉千明

第一話　大阪のわたし

（また、こんなに残して）

いつものことだったが、奥山《おくやま》チカは胸のうちで文句を言わずにいられなかった。ゴミ箱に捨てられた40個ほどの弁当の容器のうち、きれいに食べられているのは半分ほどだ。ひとくちふたくち残しているだけならまだしも、幕の内弁当に中華風弁当、かつ丼にとんかつ弁当とひと目で見分けがつくほど残しているものがいくつもある。

（幹事の先生も、負けて落ち込んでいる子に、お弁当は残さずに食べなさいと言うわけにもいかないだろうけどね）

チカは10年以上も将棋会館の清掃をしているので、棋士を夢見るこどもたちの気持ちが少しはわかった。

毎月第2と第4の日曜日には、4階の大広間で研修会の対局がおこなわれる。奨《しょう》励会《れいかい》入りを目ざす小中学生たちが午前中に2局、午後にも2局将棋を指して、成績が良ければ昇級し、負けが込めば降級する。真剣勝負のなかで腕を磨き、毎年8月半ばにおこなわれる奨励会試験にのぞむのだ。奨励会に入れなければ、将棋のプロにはなれない。

もっとも、チカが知っているのはその程度で、何連勝すれば研修会で昇級できるのかも、何連敗したら降級するのかも知らなかった。それに清掃員の心得として、なるべくひとと目を合わせないようにしているため、研修会員の小中学生たちはもとより、奨励会員や棋士たちの顔をまじまじと見たこともなかった。研修会のある日曜日に、4階のゴミ箱を掃除するのも、午後の対局が始まる1時15分以降にしていた。

そんなチカが、ただ一度話をした相手がいる。4年ほど前のことだ。

チカが4階の踊り場でゴミ箱からポリ袋を取りだしていると、男の子が弁当の容器を捨てにきた。思わず顔をむけたチカの目に映ったのは、泣きはらした顔だった。小学4年生か5年生くらいで、パッチリした目の、いかにもまじめそうな子が、両手で弁当の容器を持ったまま固まっている。

「おばさん、ごめんなさい。こんなに残して」

見ると、白飯に塩じゃけがのった幕の内弁当にはほとんど手がつけられていなかった。きっと午前中の2局とも負けてしまったのだ。

「しかたないさ。午後はがんばりな」

「はい。ありがとうございます」

男の子はお辞儀をしてから幕の内弁当をポリ袋に捨てると広間にむかった。つらいだろうに、懸命に前をむいている。

(いい子がいるもんだねえ。親がよっぽどきちんと育てたんだ)

チカは壁の時計に目をやった。1時15分ちょうどを指している。あわてて腕時計を見ると、こちらは1時23分を指している。

(やっちゃった。やっぱり安物はダメだ)

その日の帰り、チカは御徒町《おかちまち》のアメ横に寄って新しい腕時計を買った。清掃会社との連絡用に携帯電話を持っているが、仕事がら腕時計のほうが便利だった。

そんな出来事があったので、チカは研修会がある日曜日が来るたびに、礼儀正しい男の子のことを思いだした。できれば、もう一度会って、今度はあの子の笑顔を見てみたい。しかし、その願いは4年間かなっていなかった。名札をしていたはずだが、泣きはらした顔から目を離せなかったし、あの状況で名前を聞けるはずもない。清掃員という立場では、対局中の大広間をのぞくわけにもいかなかった。

(どうしたかねえ。プロになるのは、あきらめたかもしれないね。あんなにいい子だから、かならず立ち直るだろうけど)

チカは4階の踊り場に置かれたゴミ箱に新しいポリ袋をセットした。そして、弁当の容器で満杯になったポリ袋を持ってエレベーターに乗った。これをダストボックスに捨てたら、各階のトイレを掃除する。休憩をはさんで、午後4時過ぎにまた4階にあがり、ゴミ箱や廊下の清掃をして、将棋会館をあとにする。きのうも働いたし、あしたもあさっても仕事だが、今度の土日と月曜日は、合わせて3日間の休みをとっていた。

独り身の気楽さで、チカは年に一度か二度、国内旅行をしていた。往復とも夜行バスを使い、泊まるのはビジネスホテル。これなら、おいしいものを食べても、総額3万円ほどで済む。

(春の大阪、楽しみだね)

正面入り口の脇にあるゴミ置き場で、チカは空を見あげた。長く寒かった冬がようやく過ぎて、いかにも春らしい薄曇が空をおおっている。65歳を過ぎてからは、冬を越すのがひと苦労だった。誕生日でもある元日で、チカは67歳になった。顔のしわはそれほどでもないが、髪の毛はまっ白だ。

将棋会館のある千駄ケ谷《せんだがや》は空がきれいだと、チカは思っていた。新宿御苑《しんじゅくぎょえん》が近いし、高層ビルも建っていないので、空が広い。

春の大阪に行ってみたいと思ったのは、去年のいまごろだった。ぼんやり見ていたテレビのニュース番組で大阪城が映り、満開のサクラとお城のコントラストに魅せられたのだ。通天閣《つうてんかく》にも登ってみたいし、本場のお好み焼きも食べてみたい。

これまで旅行の主たる目的は温泉に入ることだった。草津《くさつ》や水上《みなかみ》、越後湯沢《えちごゆざわ》や宇奈月《うなづき》温泉に行き、宿泊しないでも入れるお湯をハシゴする。そのため、京都や大阪といった温泉のない観光地には足がむかなかった。

大阪城と通天閣のほかに、チカがぜひ行きたいと思っているのは関西将棋会館だ。こちらもたまたまテレビで見たのだが、「将棋会館」と壁面に大きく記されたビルが映り、チカは目を見張った。

（似たようなものが大阪にもあるんだ。でも、あっちは1階にレストランがついているし、ほかにもいろいろちがうみたい）

チカは将棋を少しだけ指せたが、将棋界の事情にはうとかった。昔の棋士では大《おお》山康晴《やまやすはる》と升田幸三《ますだこうぞう》、それに内藤國雄《ないとうくにお》と米長邦雄《よねながくにお》と加藤一二三《かとうひふみ》、現在活躍中の棋士で顔と名前が一致するのは羽生善治《はぶよしはる》さんだけだ。もっとも、将棋連盟の関係者でチカの顔と名前をおぼえているのは将棋会館の守衛さんくらいだろう。もうひとり、日の丸ポストの二本松《にほんまつ》という新聞記者は、チカを見るとかならず「ご苦労様です」と声をかけてくれるので、顔と名前をおぼえていた。ただし、チカは極端な無口だったので、守衛さんとも二本松記者とも話したことはなかった。4年前、お弁当を残した男の子を励ましたときは、自分で自分に驚いた。

チカの無口は父親ゆずりだ。腕のいい左官職人だったが、気難しくて、いくら持ちあげられても相好《そうごう》を崩したりしない。無表情なのではなく、自分に恃《たの》むところがあるからで、昔の男のひとはたいていそうだった。ただし、父が特別頑固だったのも本当だ。

ところが、お酒が入ると、父はとたんにおしゃべりになった。母は頭痛持ちだったので、晩酌の相手はチカがつとめた。父は物知りで、左官や大工の仕事についてはもちろん、日本各地の特色や人々の気質のちがいをおもしろおかしく話してくれた。毎年8月15日が近づくと、工兵として中国大陸を転戦したときのことを、ぽつりぽつりと話した。チカは父が大好きで、大きくなったら父の仕事を手伝いたいと思っていた。

ところが、3歳上の兄は父を毛嫌いしていて、「下町なんてまっぴらごめんだ」が口癖だった。

兄は10歳のとき、知能指数が特別に高いこどもとしてラジオ番組に出演した。後日、一緒に出演した男の子の自宅に招かれた兄は、麻布《あざぶ》のお屋敷に感激して帰ってきた。それだけ賢いなら、勉強に励めばかならず出世して、ひともうらやむ暮らしができると、男の子の母親に言われたという。翌日から、兄は家族と必要最低限の口しかきかなくなった。そして猛勉強の末に京都の名門私立高校に特待生として入学し、16歳で家を出た。

チカも勉強ができないわけではなかった。ただ、兄のようにはなりたくなかったので、学校の勉強よりも、料理や裁縫や編み物に精をだした。

父は昔気質《かたぎ》の職人で、気に入った仕事でないと引き受けない。暇なときは、仲間の大工や弟子を家に呼び、日がな将棋を指している。チカに将棋の手ほどきをしてくれたのも父だった。

父は自称五段で、チカは父が負けたところを見たことがなかった。兄は、負けると怒りだすから、まわりが勝たせているだけだと、うがった見方をしていたが、父はこどもの目にも見事な手つきで駒を打った。どこから手に入れたのか、脚の付いた立派な盤と、それにふさわしい上等な駒が家にあったこともある。升田幸三が大好きで、自分が砂壁を塗った料亭で升田幸三さんが出場するタイトル戦がおこなわれると知ったときは小躍りしていた。それからしばらく、父はお酒を飲むたびに、升田幸三さんがいかに傑出した人物なのかを滔々《とうとう》と語った。

大きな仕事が入ると、父は3ヵ月や半年、平気で家を空けた。ナマコ塀や茶室の土壁が仕上がるまでかかりきりになるからで、チカは母につれられて汽車に乗り、父から生活費をもらうために秋田や彦根《ひこね》まで行ったことをおぼえていた。

「チカ、おまえの笑い顔はいいな。おれの話をおもしろがって、頬が赤らんで、口元がゆるむ。おまえがいると、酒がうまい」

大酒飲みで、灰皿に吸い殻の山ができるほど煙草《たばこ》を吸った父は、チカがお嫁に行くことが決まった翌月に心臓発作で亡くなった。チカは身も世もなく泣き崩れた。

夫は屋根瓦を葺《ふ》く職人で、父の仲間の弟子だった。父のように何ヵ月も家を空けることはなかったが、やはり酒が入るとおしゃべりになる。チカは六つ年上の夫のことが父と同じくらい大好きで、夫もチカのことを大切にしてくれた。

「夫婦仲が良すぎると、こどもができないというから……」

夫の母親が真顔で心配して、チカは顔を赤くしてうつむいたが、こどもができないうちに夫は交通事故で死んでしまった。チカが26歳のときのことで、3年のあいだは泣いてばかりいた。サクラが咲けば、夫と花見をしたことを思いだし、イチョウの葉が黄色くなれば、蕎麦《そば》屋で銀杏《ぎんなん》をアテにお酒を飲んだことが思いだされて、チカは涙に暮れた。

うるさいほどあった再婚話は35歳を境にぷつりと消えた。その後は、がんになった母の看病に追われて、母をみとったとき、チカは41歳になっていた。

「おまえもバカだな。さっさと再婚しておけばいいものを。こどもを産めない年齢になった女を誰がもらうものか。そもそも、あんな時代遅れのおやじにべったりくっついていたから、こんなことになったんだ」

　母の一周忌の法要の席で、兄はチカだけでなく父まであざけった。兄についてチカが知っているのは、大学卒業後に一流メーカーに就職して、上司のひとり娘と結婚したところまでだった。こどもはいないようだが、兄はいかにも上等な仕立ての背広を着て、外国製の腕時計をしているので、願いどおりに出世したにちがいなかった。

「あんな狭苦しい家は、土地ごとおまえにくれてやる。そのかわり、今後はなにがあろうと、おれを頼るな。家政婦か清掃員にでもなって、ほそぼそと暮らしていくんだな」

　兄は妹を蔑むつもりで言ったようだったが、それはいい考えだとチカは思った。さっそく判子と健康保険証を持って職業安定所に行き、ありったけの勇気をふりしぼって言った。

「清掃員になりたいんです。でも、これまで一度も働いたことがありません。こんな年の女でも、雇ってもらえるでしょうか？」

「どうぞ心配なさらないでください」

窓口の男性職員はやさしい笑顔で応じてくれた。

「こういう言いかたはたいへん失礼なのですが、仕事の内容としては、誰でもその日からできることですので、賃金は高いとは言えません。ただ、むきふむきはあって、監督されていなくても手を抜かず、責任感を持って、まじめに働けることです」

それならだいじょうぶだとチカは思った。そして、ためしに一日働いてみて、天職だと確信した。彼女の傍らには、いつでも亡くなった父と夫がいた。

「職人の仕事は、はたの者が感心するほど難しくはねえんだ。ただし、ひとつひとつの手順をきっちりこなしていくのは容易じゃねえ。調子が悪い日は、どんなに気をつけてもしくじりが多くなる。反対に、いやに調子がいい日は、仕事が上滑りになったり、気が緩んでケガをしたりする。少しかったるいぐらいが丁度いいんだ」

父や夫が、晩酌のときに、自分に言い聞かせるように語った言葉を思いだしながら、チカはモップで床を拭き、スポンジで便器を磨いた。世間のひとたちは、清掃員は汚れ仕事だと敬遠しているそうだが、みんなが使う場所をきれいにすることのどこがみじめなのかと、チカは聞いてみたかった。しかも清掃員は不況知らずときている。

母の看病をしていたころから感じていたが、男も女も無表情なひとが増えた。そのくせ、イライラしている。なにかに怒っているのではなく、漠然とイラ立っているのだ。不況知らずの清掃員であるチカは独り暮らしのさみしさに耐えながらたゆまずに働いた。

10年ほど前、千駄ヶ谷を中心に清掃の仕事をしていた由美《ゆみ》さんが引退した。会社の指示で、チカは由美さんが担当していた将棋会館を受け持つことになった。

初めて将棋会館の清掃に行ったのは、研修会のある日曜日だった。チカは棋士を目ざすこどもたちがたくさんいるのに驚いた。久しぶりに聞く駒の音は懐かしくて、チカの頭に在りし日の父が仲間の職人たちと日がな将棋を指している光景が浮かんだ。ここで父が大好きだった升田幸三さんも将棋を指したのだと思うと、モップやブラシを持つ手に自然と力が入った。

将棋会館の2階には有料の道場があり、土日や祝日は、こどもからお年寄りまでが集まって大にぎわいになる。ところが、小学生のなかには、もう将棋がいやになっている子もいて、そういう子たちは階段でふざけながらお菓子を食べるため、食べかすや袋が散らかる。しかも、親がろくに叱らない。

（昔だったら、よその子だってひっぱたいたもんだけどね）

やはり世の中は変わったのだと、チカは思った。男も女も顔が小さくなったし、からだつきもヒョロヒョロしている。そして携帯電話ばかり見ている。チカも携帯電話を持っていたが、それは清掃会社との連絡にどうしても必要だからだ。しかし、たいていのひとたちは電車のなかでも、道を歩きながらでも、携帯電話に夢中だった。なかにはスマートフォンという最新の薄い板状の携帯電話を見せびらかすように使っている若者もいたが、チカには携帯電話でたくさんだという気がした。

昭和18年生まれのチカは年相応にくたびれてはいたが、足腰もたしかで、これといった持病もなかった。最低でも70歳、できることなら75歳までは清掃員を続けるつもりでいて、退職したら家を引き払い、どこかの温泉町にある老人ホームで余生を送る計画だった。

（でも、世の中は、どんどんおかしくなっていくみたいだから、長生きするのも考えものかもしれないね）

このところ、チカは頭のなかで愚痴をこぼすことが増えた。年を重ねるにつれ、ほんの数人だけいた友人とも疎遠になってしまった。チカ自身もそうだが、清掃員は男女にかかわらず無口で、他人とつるまないひとが多い。よほど気の合うひとと出会えればいいが、怒りっぽいひとや、ひがみっぽいひととつきあうのはまっぴらごめんだった。

(まあいいさ。今日も入れて5日働けば、大阪に行けるんだ)

将棋会館の正面入り口で空を見あげながら物思いにふけっていたチカは階段で2階にあがり、道場のむかい側にあるトイレの掃除を始めた。

東京駅前のターミナルを午後10時に発車した夜行バスは、定刻の午前6時50分に大阪のなんばに到着した。チカは夜明けと共に目を覚まし、かつて「天下の台所」と呼ばれた大都会の街並みを眺めながら激しく後悔していた。

(どうして、もっと早く大阪に来なかったのだろう。わたしが育ったころの下町とそっくりだ)

バスが着いたなんばの一帯はビルが建ち並んでいるが、それでも東京より温《ぬく》もりが感じられた。仕事にむかうサラリーマンたちもまったくの無表情ではなく、チカは救われた気がした。

今夜泊まるビジネスホテルにバッグを預けて、早朝の街を歩く。戎橋《えびすばし》のうえから有名なグリコの広告を見て、チカは顔をほころばせた。

（大阪って、ええ街やなあ！）

頭のなかの独り言も大阪弁になるほど、チカは大阪が気に入った。午前7時に、ツーピースのスーツにハイヒールの若い女性が屋台で豚骨ラーメンをすすっている街など、大阪以外にあるはずがない。

チカは案内板を頼りに法善寺《ほうぜんじ》横丁にむかった。これも父から教わったことだが、旅先ではまず神社かお寺にお参りをする。お守りを買い、自分が東京から来た奥山チカという者で、2〜3日お邪魔するので、どうかよろしくお願い致しますと、その土地の氏神様に挨拶をするのだ。

法善寺は小さなお寺だった。チカはお守りとロウソクと線香を買い、あの世の両親と夫に、自分が大阪に来ていることを報告した。そして、苔《こけ》にびっしりおおわれた石造りの明王にヒシャクで水をかけた。

（お城と通天閣と将棋会館、どの順番で行こうかね）

ふだんは清掃員としてスケジュールどおりに働いているので、チカは旅先では行き当たりばったりに行動していた。今回の大阪行きも、最初はサクラの開花に合わせるつもりでいたが、3月下旬は平日でもホテルは予約でいっぱいで、なにより宿泊代が高い。そのため、チカは開花予想よりも2週間早く大阪に来ることにした。それでも春先の空は明るく、風はさわやかで、この季節に旅行をすることにして本当によかったと思った。

喫茶店でモーニングセットを食べながらあれこれ考えた末に、まず関西将棋会館に行くことにした。今回の旅行を土日にしたのも、将棋を指しているこどもたちの姿を間近に見てみたかったからだ。なかには、丸々残したお弁当を捨てようとして困っていたあの子のような、まじめで礼儀正しい子もいるにちがいない。開館は10時ということなので、あと1時間ほど道頓堀界隈《どうとんぼりかいわい》で過ごし、地下鉄とJRで福島《ふくしま》駅を目ざそう。

（それにしても、しょったところのない、いい街だね）

大阪のひとたちに比べると、東京のひとたちは他人の目を気にしすぎているのだ。自分も例外ではないかもしれないと思い、チカはそっと息をついた。

（いっそのこと、大阪で働こうか。そうだよ、お掃除おばちゃんは引く手あまたなんだから！）

チカは、声にはださずに喝采《かっさい》した。外国人労働者は以前に増しているが、トイレの清掃はどの国のひとからも敬遠されているのだという。おかげでチカは67歳でも首にならずにすんでいた。

道頓堀界隈は、早くも観光客でいっぱいだった。とくに目立つのはアジア系のひとたちだ。欧米系のひとたちもたくさんいて、みんな大阪の開放的な空気がうれしくてならないといったようすで歩いている。ド派手で、ユーモアたっぷりのビルの外装も、観光客たちの気持ちをさらに浮き立たせているようだった。

たっぷり散歩をしたあと、チカは、なんば駅から地下鉄御堂筋《みどうすじ》線に乗った。梅田《うめだ》駅で降りて、地下通路でつながっているJR大阪駅まで歩き、環状線に乗れば、ひとつ目が関西将棋会館のある福島駅だ。

新宿駅や上野《うえの》駅の清掃をしていたことがあったので、チカは駅構内で迷うことはないと高をくっていた。ところが、大阪は勝手がちがった。文字どおり右も左もわからなくなってしまい、三度も案内図でたしかめて、ようやくJR大阪駅にたどり着いた。

そのかわり、関西将棋会館はすぐに見つかった。大きな通りに面した5階建てのビルで、鳩森八幡《はとのもりはちまん》神社の裏にひっそりと佇《たたず》む東京の将棋会館とは立地からして大ちがいだ。出入り口の左側にレストランが入っているのも庶民的というか、将棋を知らないひとにも開かれている感じがして好ましい。

(東京と大阪、どっちがいいと決めつけることもないけどね)

チカは頭のなかでつぶやきながら歩道を歩いた。10人ほどのこどもたちがたむろして開館を待っている。阪神タイガースの野球帽をかぶった子もいて、チカは顔がほころんだ。大阪の街がそうであるように、関西将棋会館の道場も、しょったところのない、おおらかな雰囲気なのだろう。

(だからって、掃除がいい加減じゃ困るよ)

自分をイジワルばあさんのようだと思いながら関西将棋会館の前まで来ると、ちょうど入り口が開いて、こどもたちが一斉になかに入っていった。チカは一歩入ったところで立ち止まり、通路の両端にすばやく目をやった。どこにも綿ゴミひとつ落ちていない。

（きれいに拭いたもんだね）

新しいビルだと、わずかなほこりでも目につくが、古いビルではそれほど目立たないため、大雑把《おおざっぱ》に済ませる清掃員も少なくない。しかしチカは古いビルこそ、清掃員の腕が問われると思っていた。新しいビルは磨けばピカピカになってくれるが、古いビルから風格をにじみださせるのは容易なことではないからだ。

（代々、まじめなひとたちが掃除をしてきたんだね）

出入り口から続く通路を奥にむかい、突き当りの階段をのぼりながら、チカは何度も感心した。大阪に、自分と同じ気持ちでビルの清掃をしているひとたちがいるとわかり、遠くまで来た甲斐《かい》があった気がした。

2階に着くと、駒を打つ音が聞こえた。チカはドアを開けて将棋道場に入った。阪神タイガースの野球帽をかぶった子も熱心に対局している。道場の広さは千駄ヶ谷の将棋会館の3割増しほどで、並べられた盤も大阪のほうが多い。

「お孫さんの応援ですか？」

思いがけないことを聞かれて、チカはあわてた。

「いいえ、ちがいます」

そう答えながら受付にすわる男性を見ると、25歳くらいのやさしそうな青年だった。

「では、対局ですね。こちらは初めてですか？」

「いえ、その、初めてです」

このままでは将棋を指すことになってしまうとあせりながら、チカはそれもまた楽しいかもしれないと思った。

「では、この用紙に、お名前とご住所と年齢、それに棋力を書いてください」

「棋力？」

「初心者でもだいじょうぶですよ。駒の動かしかたは知っていますか？」

「はい、それは。ただ、こどものころに父と指していただけなので……」

チカが答えると、白いシャツを着た青年が「ほう」と言ってうなずいた。

「失礼ですが、『将棋をする』ではなく、『指して』と言われるところをみると、じつはお強いんじゃありませんか」

「いいえ。そんなことはないんです。ただ、こちらに旅行に来て、たまたま前を通りかかったもので、どんなところなのか見てみたいと思いまして……」

チカは五十数年ぶりで盤にむかった。うれしかったのは、父が教えてくれた棒銀《ぼうぎん》戦法をしっかりおぼえていたことだ。対戦相手は5～6歳のこどもから、10歳くらいの子までいろいろで、チカは勝ったり負けたりした。

お昼は1階のレストランでランチセットを食べた。おかずはヒレカツとエビフライ、ご飯と味噌汁《みそしる》もおいしかった。千駄ヶ谷の将棋会館にもこうした店があればいいのにと思ったが、作業着姿でレストランに入るのは気が引ける気もした。

食べ終えてぼんやりしていると、制服姿の中学生たちが7～8人入ってきた。東京の奨励会員がつけているのと同じ名札をつけている。

（上の階では、奨励会の例会をやっているんだね）

快勝したらしく、浮かれて話す子もいれば、離れた席でしょんぼりしている子もいて、「がんばれ、がんばれ」とチカは胸のうちでエールを送った。

2階の道場に戻ると、150はある盤は全部埋まっていた。もう十分指したし、通天閣や大阪城に行こうかとも思ったが、チカは壁際の椅子にすわって対局がつくのを待った。

ようやく名前を呼ばれて、チカは5歳くらいの男の子とむき合って椅子にすわった。相変わらず棒銀で攻めていると、午前中に対戦した阪神タイガースの野球帽をかぶった10歳くらいの男の子が横から話しかけてきた。

「おばあちゃん、棒銀しか知らへんの？」

「うん、知らないよ」

チカは盤面を見たまま答えた。いくら無口なチカでも、こども相手に黙っていてはかわいそうだと思ったからだ。

「棒銀以外もおぼえたらええやん。中飛車《なかびしゃ》とか、四間飛車《しけんびしゃ》とか」

相手の子が、と金《きん》をつくった。予想していた手だが、受けるのが難しい。チカは早めに玉《ぎょく》を逃がした。これで、すぐには詰まされない。

「この歳《とし》で、新しい戦法をおぼえるのは大変さ」

チカはぶっきら棒に言った。

「でも、そのほうが強くなれるんとちがうか」

「へえ、こんなおばあちゃんでも、まだ強くなれるのかい」

「うん。さっきだって、ヒヤリとさせられたもん」

そう言われてチカが喜んでいると、受付の青年がやって来て小声で注意した。

「木下《きのした》くん、対局中のひとに話しかけちゃいけないよ」

「だって、手は教えてへんし」

「それでもダメだって、先週も言ったろ」

「わかりました。ごめんなさい」

チカは大阪で暮らす計画はやめにした。東京で働きながら、年に一度か二度大阪に来て、ここ関西将棋会館の道場で将棋を指そう。そのほうが楽しめる。

チカは将棋の手ほどきをしてくれた父に感謝していた。母にも、夫にも、兄にさえも感謝していた。清掃員になっていなければ、今日という日は来なかったからだ。

そこから将棋は激しい攻め合いになった。お互いが一手指すごとに形勢が変わるので、必死になって読まなければならない。

（さあ、これならどうだ！）

チカが考えに考えて指した勝負手を見事にふせがれて、そのあとはあざやかに討ち取られた。

「はい、負けました」

チカが礼をすると、相手の男の子は「ありがとうございました」ときちんと言って礼をした。

「こちらこそ、ありがとうございました」

駒を片付けながら、チカはいつか千駄ヶ谷の将棋会館の道場でも将棋を指してみようと思った。10年も自分が掃除し続けてきた場所で対局をしたら、どんな気持ちになるのだろう。そのときのために、もっと腕を磨かなければならない。

「そうだね。坊やの言うとおり、棒銀のほかに、もうひとつ戦法をおぼえようかね」

チカが言うと、ずっとそばで見ていた木下君がうれしそうにうなずいた。

ちょうど午後3時で、きりがいいと思い、チカは帰ることにした。

「ありがとうございました」

受付の青年に対局カードを渡し、チカはお礼を言った。

「たくさん指されましたね。6勝3敗で、3つの勝ち越しです」

青年が〈級位〉の欄にボールペンで「8」と書いた。

「では、奥山チカさんを8級に認定します。東京にお住まいとのことですので、たびたびこちらに来るのは難しいでしょうが、大阪におこしのさいは、ぜひまたおいでください」

みんなに聞こえるような声で言ってくれたので、チカと対局したこどもたちから拍手がおきた。年配の男性は20人ほど来ているが、年配の女性はチカだけだった。

「ありがとうございます。いつかまた参ります」

口下手《くちべた》なりに精一杯の挨拶をして、チカはお辞儀をした。

ドアを出たところで、ひと息ついていると、誰かが階段をのぼってくる。ふと顔をむけたチカは驚いた。詰襟《つめえり》の制服を着て、胸に名札をつけた奨励会員は、残したお弁当を捨てにきた男の子とそっくりだったからだ。

「えっ」

思わず声が出てしまい、むこうもこっちをまじまじと見ている。

「あの、ひょっとして、千駄ヶ谷の将棋会館の……」

あのときと同じまじめな顔で尋ねられて、チカはうなずいた。

「ぼく、父の仕事の関係で3年前に大阪に引っ越して、それからはこっちの将棋会館に通っているんです」

背が伸びて、大人びていても、素直でやさしいところはそのままだ。

「奨励会試験には、3年前に合格しました。いまは1級です」

まわりを気にしてか、少し声を落として教えてくれて、チカはますますうれしくなった。

「今日は、勝ったの？」

聞いてしまってから、チカは悪かったと思った。

「勝ち、負けで、1勝1敗です。2局目が長い将棋になって、そのうえ逆転負けをくらったので、3局目の前に外の空気を吸ってきたんです」

そう話す男の子は、もちろん泣きはらした顔などしていなかった。

「あのね、これ」

清水《きよみず》の舞台から飛び降りる気持ちで、チカは今日の対戦表を差しだした。

「奥山チカさん、67歳。8級」

そう読みあげた奨励会1級の男の子は、自分が大事なことを忘れているのにようやく気づいた。

「ごめんなさい。ぼくは大辻弓彦《おおつじゆみひこ》と言います。中学2年生です。4月からは中学3年生」

大辻君が、胸の名札をよく見えるようにむけてくれた。

「ありがとう。わたしはいまも、千駄ヶ谷の将棋会館で清掃員をしているの。今日は旅行で大阪に来て、見物のつもりで寄ってみたら……」

日ごろの無口がうそのように、チカは五十数年ぶりで将棋を指すことになったいきさつを話した。弓彦君は、三段になったら、東京の将棋会館でも対局があると教えてくれた。

「さようなら」

詰襟姿の中学生は礼儀正しくお辞儀をして、階段をのぼっていった。研修会は午前と午後に2局ずつ、計4局指すが、奨励会は午前に1局、午後に2局だということをチカは初めて知った。

将棋界のことに詳しくなりたい。将棋も強くなりたいと、チカは思った。

(押入れの奥を探せば、おとうさんが使っていた盤と駒が見つかるかもしれない。見つからなければ、一番安い駒と盤を買って、将棋の勉強をしよう)

帰りの夜行バスが、なんばのターミナルを出発するのは、あすの午後10時だ。あと丸一日と7時間も大阪にいられる。旅行も存分に楽しむつもりでいるが、チカは東京に戻ってからの張りのある生活を想像して、うれしくてしかたがなかった。

第二話　初めてのライバル

「20秒、1、2、3、4、5」

対局時計の秒読みに追われて、ぼくは自陣に金を打った。相手玉《ぎょく》を攻めるのをいったんあきらめて、守りを固めたのだ。しかし、金を1枚加えたところで、どれほど効果があるかは不明だった。

(負けるかもしれない)

そう思ったとたん、頭が混乱して、ぼくはなにも考えられなくなった。

(おちつけ。まだ、負けると決まったわけじゃない)

ぼくは気をとりなおして盤面を見た。手番は相手にわたしたが、自玉《じぎょく》にはすぐに詰めろはかからない。ただし、相手の駒台には金銀と桂馬と飛車、それに歩《ふ》が3枚のっている。そのうえ、まだ3分も持ち時間を残している。

持ち時間は10分、つかいきったあとは一手30秒以内という早指しの将棋で、ぼくの持ち時間は10手以上前になくなっていた。秒読みに追われると、あせりが出て、正しく読めているかどうかわからなくなる。こんなに追いつめられたのは初めてだ。

(ちくしょう。こいつ、なんでこんなに強いんだ)

ぼくは目の前にすわる相手をチラッと見た。小学2年生なんて、小学5年生のぼくからしたら、幼稚園児と大差ない。ところが、この山沢貴司《やまさわたかし》君は、アマチュア二段の実力者なのだ。たぶん、将棋を始めたのは、4歳くらいだろう。現在、プロで活躍している20代、30代の棋士は、ほとんどが6歳以下で将棋をおぼえたという。

対するぼくは、半年前まで将棋の駒にさわったことすらなかった。それでいて、今日の1局目に勝って初段にあがったのだから、自分は強いとうぬぼれていた。二段と指すのは初めてだが、得意のゴキゲン中飛車《なかびしゃ》が炸裂《さくれつ》すれば負けるはずがないと思っていたのだ。

じっさい、ぼくは序盤から快調に攻めた。しかし、いまから思えば、あれはワナだった。中盤にさしかかると、山沢君は、ぼくを悩ませる手をつぎつぎに指してきた。まんまと術中にはまったぼくは時間をつかわされて、駒損《こまぞん》を承知で一か八《ばち》かの寄せにいくしかなかった。

(読みの深さがハンパない。踏んできた場数がぜんぜんちがう)

　山沢君の強さに舌を巻きながらも、ぼくは負けたくなかった。こっちの攻めは切れたが、ねばりにねばって、絶対に逆転してやる。

(詰ませられるもんなら、詰ませてみろよ。銀でこようと、飛車でこようと、はね返してやるぜ)

　ぼくは腕を組んで、盤面をにらんだ。美濃囲《みのがこ》いが崩されて、玉が露出しているが、秒読みに追われながら打った金がけっこう利いている。

　じっと考えていた山沢君が駒台の桂馬を持ち、銀のあたまに打った。

「えっ?」

　予想していなかった攻めに、ぼくは思わず声をだした。金に当たっているが、銀でタダ取りだ。しかし、タダで桂馬を渡すはずがない。

(やられた。9手詰めだ)

　ぼくが銀で桂馬を取ると、銀のいた場所がぽっかり空く。そこに歩を打たれたら、ぼくの守りは崩壊してしまう。あとは豊富な持ち駒で龍が待つ一段目まで玉を追い落としていけば、一間龍《いっけんりゅう》のかたちになって、あたま金でぴたりだ。

「20秒、1、2、3」

対局時計がまたカウントを始めた。有賀《ありが》先生の朝霞《あさか》こども将棋教室に入って4ヵ月になるが、ぼくはまだ一度も負けたことがなかった。それが、自分より3歳も下の小学2年生に負けようとしているのだ。

「6、7、8」

動揺したまま、ぼくは銀で桂馬を取った。山沢君がノータイムで歩を打つ。

ぼくはもう気持ちが折れていた。さっき張った金で歩を取りたくても、その瞬間、遠見《とおみ》の角に飛びこまれてしまう。

20手ほど前、山沢君が5筋の歩を突き捨てた。ここが勝負と、ぼくは猛攻をしかけたが、山沢君は受けきれると判断したうえで、ふさがっていた角道《かくみち》を通したのだ。

（ダメだ。まるで実力がちがう）

「20秒、1、2、3、4、5」

対局時計が容赦なく時間を刻む。悔しさでからだがふるえたが、ぼくは懸命に背筋を伸ばした。

「負けました」

大きな声で言いながら礼をして、「ありがとうございました」と続ける。

「ありがとうございました」

山沢君がきちんと礼をした。

「山沢君は、時間のつかいかたがうまかったね。そして、難解な9手詰めをよく読み切った。野崎《のざき》君も、けして悪い将棋じゃなかった。終盤のラッシュも迫力があった」

そばで見ていた有賀先生が感想を言ってくれたが、ぼくはどう答えればいいのかわからなかった。

「ぐふっ」

おさえきれない悲しみがこみあげて、ぼくは立ちあがった。いそいで部屋を出て、廊下を走る。

（ちくしょう、負けた。あんな小さいやつに。ちがう、ぼくが弱いんだ）

そのまま公民館の外に出ると、ぼくは靴の裏で地面を何度も踏みつけた。

「野崎君。教室に戻ろう」

有賀先生の奥さんに呼ばれて、ぼくは将棋教室がおこなわれている103号室に戻った。

「さあ、Aコースのひとたちは帰る支度《したく》をして。もう、Bコースのひとたちがきているから」

有賀先生が、みんなにむけて言った。Aコースは午後1時から3時まで、Bコースは午後3時から5時までだ。有賀正和《まさかず》先生は現役のプロ棋士で、毎月第2と第4日曜日に公民館で小中学生むけの将棋教室をひらいている。年齢は35歳、段位は五段。順位戦はC級2組だ。

１０３号室に、山沢君の姿はなかった。きっと別の出入り口から駐車場にむかい、おかあさんが運転する車で帰ったのだろう。お金持ちの家の子のようで、いつも高そうな服を着ているし、車はアウディだ。

「野崎君。対局カード」

有賀先生に言われて、ぼくはパスケースに入れていた新しい対局カードをだした。1局目に勝ったあとにもらった初段のカードの勝敗表に●のハンコが押された。

「連勝は15で止まっちゃったけど、あらためて初段昇段おめでとう。よく勉強しているみたいだから、この調子で二段を目ざしてがんばってください」

「はい、がんばります」

悔しさをこらえて、ぼくは応えた。

「ここの教室以外は、どこかに通ってるの？　千駄ヶ谷の将棋会館の道場とか、都内の将棋センターとか」

有賀先生にきかれて、ぼくは首を横に振った。

「たしか、ご両親は将棋を指さないし、親戚にも将棋をするひとはいなかったよね。インターネットでの対局は？」

「スマホも、タブレットも持っていないので」

ぼくが答えると、有賀先生が驚いた。

「ということは、ひょっとして、図書館にある将棋の本で勉強しただけ？」

「はい、となりの図書館にある将棋の本は全部借りました。それと、ＤＳの将棋ソフトでコンピューターと対戦して……」

有賀先生がどういう意味できいているのかわからなかったので、ぼくの声は小さかった。

「それで、山沢君を相手にあれだけ指せるのは大したものだよ。かれは、もうすぐ三段だからね。このつぎの教室のとき、おとうさんかおかあさんに来てもらえないかな。初段の賞状の授与もあるし」

　どうやらほめられているようなので、ぼくはホッとした。父と母は日曜日も働いているが、母はパートだから、いまから頼んでおけば、休みをとってくれるかもしれない。

「わかりました。話してみます。ありがとうございました」

　有賀先生に礼をして103号室を出ると、有賀先生の奥さんが追いかけてきた。

「野崎君は将棋が好き?」

「はい、大好きです」

　ぼくが答えると、奥さんがうれしそうにうなずいた。

「少し話してもいいかしら」と断って始まった話はけっこう長かった。

　朝霞こども将棋教室は、もともと奥さんのおとうさんがやっていたのだという。おとうさんはアマチュアの全国大会で優勝したこともあり、会社員として働きながら、将棋の普及に努めてきた。自分の教え子から棋士をだすのが夢で、その夢が叶《かな》うのを見ることなく3年前に亡くなった。ただし、おとうさんの教え子でプロを目ざしている子はいて、朝霞こども将棋教室は娘婿の有賀先生が受け継いでくれた。

「父が教えたなかで一番有望なのは大辻弓彦《おおつじゆみひこ》君。4年前に大阪に引っ越して、関西の奨励会《しょうれいかい》に所属しているけど、がんばっていて、いまでも手紙や年賀状をくれるの。先月、二段になったんですって。高校一年生で奨励会二段なら、まず間違いなくプロになれるし、おれより強くなるんだろうなあって、先生が苦笑いしてたわ」

そんな話をぼくにしたのは、大辻君も初めて対局に負けたときに、今日のぼくと同じように地団駄《じだんだ》を踏んで悔しがっていたからだという。

「父も言っていたけど、強くなる子はみんな、とんでもない負けず嫌いで、負けたときは大泣きしたり、暴れたりして大変なんですって。だから、野崎君もきっと強くなるわよ」

「ありがとうございます。がんばります」

公民館を出ると、ぼくはとなりの市立図書館に入った。将棋教室のあとはいつも寄っていて、まずはその日の対局を棋譜《きふ》ノートにつける。頭のなかに思い浮かべた将棋盤で手順を一手ずつ再現し、それを専用の棋譜ノートに書いていくのだ。棋譜ノートは有賀先生の教室で売っている。

今日の1局目は、初段が相手だった。ぼくよりひとつ下の小学4年生。穴熊《あなぐま》に組もうとする相手を超速の攻めで一蹴し、61手という短手数《たんてすう》で勝利をおさめた。あらためて検討しても疑問手《ぎもんしゅ》はなく、まさに完勝だった。

ぼくはノートをめくり、新しいページの「先」に「野崎翔太《しょうた》」、「後」に「山沢貴司」と書いた。メガネをかけた、小柄な男の子の姿がよみがえる。

負けた将棋の棋譜をつけるのは初めてだ。有賀先生はほめてくれたが、だからといって悔しいことに変わりはない。

山沢君との対局を棋譜ノートにつけながら、ぼくは何度もうなった。指しているあいだも力の差を感じてはいたが、山沢君の駒は見事に連携して、よく働いている。ただし、ぼくも善戦していて、直感で指した手のほとんどが最善手だった。そこで山沢君は局面を複雑化させることでぼくのあせりをさそい、自分有利の状況をつくりだしたのだ。たぶん山沢君はぼくのことを見くびっていたので、初めから全力でこられていたら、ひとたまりもなく負けていただろう。

(すげえな、山沢。もう、年下だとは思わないぜ)

鉛筆をおくと、ぼくは雑誌コーナーの棚から「将棋世界」の今月号を取ってきた。

800円くらいするので、毎号は買えないため、参考になりそうな対局を棋譜ノートに写すのだ。

きっと山沢君は「将棋世界」を毎月買ってもらっているのだろう。有賀先生の口ぶりからすると、タブレットも持っていて、棋戦のライブ中継を観《み》たり、ネット対局もしているにちがいない。

（そりゃあ、タブレットは欲しいけど、うちはとても買ってもらえないんだ。見てろよ、山沢。今度対戦したときは、かならずおまえを倒してやるからな！）

ぼくは闘志を沸き立たせて、新人王戦決勝の棋譜を写していった。横歩《よこふ》取《ど》りの熱戦で、要所要所でぼくはその手のねらいを自分なりに考えてから、観戦記者の解説を読みふけった。

ふと見ると、壁の時計が5時15分を指している。ぼくはあわてて「将棋世界」を棚に戻し、バッグを持って図書館を出た。

公民館と図書館がある場所からアパートまでは、自転車で20分くらいかかる。途中、交通量が多い道路に沿って走るので、けっこう危ない。午後5時半までに帰るのが母との約束だが、介護施設で調理員をしている母が帰ってくるのは6時半過ぎだ。スーパーマーケットの店長をしている父の帰宅はさらに遅くて、10時半を過ぎることもある。それでいて、毎朝7時には家を出るのだから、本当に大変だ。

夕陽《ゆうひ》を浴びながら、ぼくはライトを点灯させた自転車をこいだ。去年の8月半ばに引っ越してきたので、この町に住んで9ヵ月が経《た》ったことになる。でも、正直、まだなじんだとは言えなかった。野球をまったくしなくなったし、航介《こうすけ》君たちとも離れ離れになってしまったが、この町に引っ越してこなければ、ぼくは将棋と出会うことはなかった。

(人間万事塞翁《さいおう》が馬《うま》ってね)

ぼくは将棋の本でおぼえたことわざを頭のなかでとなえながら、自転車をこぎ続けた。

小学4年生の1学期までいた埼玉県鴻巣《こうのす》市の小学校で、ぼくは少年野球チーム・ファルコンズに入っていた。入団したのは小学3年生の4月。それまでも同じ小学校の中島《なかじま》航介君たちとあそびで野球をしていたので、すぐにジュニアチームのレギュラーになった。ポジションはセカンド。ジュニアチームは4年生以下がメンバーで、そのときファルコンズには4年生が3人しかいなかった。3年生もぼくを入れて5人しかいなかったから、入団したばかりなのにレギュラーにしてもらえたのだ。ジュニアチームの監督は航介君のおとうさんだった。

サッカーのほうが人気があるが、ぼくは野球が好きだった。とくに守備で、捕れるかどうかわからない打球を捕ったときは本当にうれしかった。でも、ぼくがちゃんと送球したのに、一塁手が落球するとガックリきた。アウトがとれなかったのも悔しいし、ランナーが出ると、セカンドはすごくいそがしくなるからだ。キャッチャーがピッチャーに返球するたびにマウンドのうしろにカバーに入らなければならないし、ランナーが盗塁をしかけてきたときもセカンドベースに入らなければならない。

航介君のおとうさんは守備のカバーにきびしかった。どんなに集中していてもエラーをしてしまうことはあるが、カバーをしないのは、ただサボっているだけだからだ。

あと、見逃がし三振をすると、すごく怒られた。バットを振れば、ファールになるかもしれないし、ボテボテのゴロでも相手がエラーをするかもしれない。でも、見逃がし三振では、出塁の可能性はゼロだ。

ぼくは見逃がし三振はしなかったけれど、4年生になってもパワー不足で、打率は二割くらいだった。だから、たまに打ったヒットのことをいつまでもおぼえていた。

「二塁ランナーが航介君で、リードがすごく大きいから、ショートとセカンドがしつこく牽制《けんせい》に入っていたんだよね。サードはベースのすぐそばにいて、つまり三遊間が広く空いていた。あそこをねらって引っ張れば、ヒットになるかもしれないと思っていたら、真ん中高めに打ちごろのボールがきた。夢中で振ると、打球がショートのうえを越えていく。やった、初のタイムリーヒットだと思ったら、うれしくて足に力が入らなくてさ。おまけに、ようやく一塁まできたと思ったら、コーチャーがまわれまわれって言うから、なにがどうなっているのかわからないまま二塁にむかって走ったんだ」

晩ごはんのとき、ぼくは同じ場面をくりかえし話した。市内大会の準決勝で、ぼくの打点が決勝点となって試合に勝ったのだ。父も母もスポーツが苦手なせいか、いつもニコニコして聞いてくれるので、ぼくはあきずに同じ話をした。

バッティングはダメでも、守備でチームに貢献することはできる。ぼくはイージーミスは絶対にしなかったし、たまにはファインプレーをすることもある。カバーはサボらず、中継プレーもそつなくこなす。

そんな姿がシニアチームの田坂《たさか》監督の目にとまったのだろう。ゴールデンウイーク中の練習で、航介君とぼくは午後から校庭の反対側で練習しているシニアチームに入るように言われた。5、6年生は合わせて12人しかいないので、大会のときに4年生を二人ベンチ入りさせるのだという。

「田坂監督はきびしいぞ。でも、鍛えてもらえば、それだけうまくなるから」

航介君のおとうさんは、少し心配そうだった。田坂監督の怒鳴り声は校庭の反対側にまで響いてきたので、ぼくはただただ恐ろしかった。

その日の午後に受けた田坂監督のノックはものすごい強さだった。真正面だからどうにか捕れたが、あやうくグローブがはじき飛ばされるところだった。

「いいか、ビビっとったら、かえってケガをするからな。集中して、自分からボールにむかっていけば、はじいても前に落ちる」

30分以上も続いたシートノックのあとは、試合形式でのバッティング練習になった。驚いたのは、バッターが1球ごとに打席を外すことだ。田坂監督のサインによって、バントのかまえからバットを引いてボールを見送ったり、打つ気満々のかまえからスクイズバントを決めたりする。もちろん、そのまま打つこともある。

航介君のおとうさんが指揮を執るジュニアチームにサインはなかったので、みんな思いきってバットを振っていた。でも、シニアチームの野球は、そんなのんきなものではないらしい。だからこそ、毎年市内大会で優勝し、地区大会でも好成績をおさめているのだ。

つぎの日曜日、ぼくと航介君はシニアの練習試合につれていかれた。出場はしないので、ファールボールを走って拾いにいくことと、声をしっかりだすように言われた。

「リーリーリー。このランナー、足が超速いよ」

「ヘイヘイヘイ。ピッチャー、ボール球ばっかり投げて、どうしたの？」

両チームとも、自分たちが攻撃のときには容赦ないヤジで相手にプレッシャーをかける。もっとも、「へたくそ」とか、「バカじゃねえの」といった、あきらかな悪口は言ってはいけない。

「ほら、ジュニアの二人も声をだせよ」
5、6年生の先輩たちに言われても、ぼくは相手をヤジれなかった。いくら敵でも、ピンチを切り抜けるために一生懸命がんばっているのだ。味方がヒットを打ったときに喜ぶのは当然だけど、苦しんでいる相手をさらに追い込むようなヤジを言うのはいやだ。
なかでも、一番いやだったのは、相手がエラーをしたときにはやすことだ。

「ラッキーラッキー超ラッキー」

「もうけもうけ」

「もう一丁、セカンドに打とうぜ」

自分がエラーをしたときもこんなふうにヤジられるのかと思い、ぼくは悲しくなった。敵なのだから、エラーした選手を励ませとは言わないが、もっと正々堂々と戦いたい。5、6年生と一緒にヤジを飛ばしている航介君のとなりで、ぼくは歯を食いしばった。

ぼくはだんだんファルコンズの練習に行くのがいやになってきた。それなのに、なぜかシニアチームでも試合に出るようになり、守備固めでセカンドに入った。たまに打席がまわってくることもあるが、ランナーがいるとき、田坂監督のぼくへのサインは全部送りバントだ。ランナーがいなくても、初球から「待て」のサインが出て、「打て」のサインが出るのは、2ストライクと追い込まれてから。これではヒットを打てるはずがない。

「でも、翔太は今日も送りバントをしっかり決めたんだし、その前の試合ではフォアボールで出塁したじゃないか」

父は、観戦に来ていた母から試合のようすを聞いて、いつもなぐさめてくれたが、ぼくは納得できなかった。

「それじゃあ、なんのために素振りやバッティング練習をしてるのさ。野球をやったことがないおとうさんには、絶好球を黙って見逃す悔しさがわからないんだよ」

父に文句を言ってもしょうがないのはわかっているが、ヤジのことといい、田坂監督の野球にはついていけない。ぼくはひそかに決意を固めた。こんど打席に立ったら、監督のサインを無視して、初球のストライクを全力でスイングする。たとえヒットを打っても、田坂監督はものすごく怒るだろう。そうしたら、これまでの不満をぶちまけて、ファルコンズをやめてやる！

もちろん、ぼくにそんな度胸はなかった。それにチームに迷惑をかけてはいけないので、いくらいやでも練習は休まない。このままずっと、こんなふうに野球を続けていくのだろうかと悩んでいた去年の7月初めに、父がとつぜん店舗を移ることになった。同じ埼玉県の朝霞市にある店舗の店長が交通事故にあい、腰の骨を折る重傷を負った。その店舗は激戦区にあるため、父は社長から直々《じきじき》に転勤を告げられたとのことだった。

通勤するのは無理なので、父は来週から朝霞で暮らす。母とぼくは8月中旬をメドに引っ越して、夏休み明けの2学期から朝霞市内の小学校に通うことになるという。

「それじゃあ、ファルコンズもやめなくちゃいけないんだね」

「そうだ。せっかくがんばってきたのに、本当に申しわけない」

父がテーブルに両手をついて頭をさげた。母も心配そうにこっちを見ているが、ぼくは緊張の糸が切れて、ただぼんやりしていた。

（もう、田坂監督のサインにしばられなくていいんだ。でも、航介君とキャッチボールをすることはできないし、ファルコンズのみんなとお弁当を食べながらおしゃ

べりすることもできないのだ)

その晩、ぼくは高熱をだして、翌日は学校を休んだ。

1学期の終業式の日、クラスのみんながお別れ会をひらいてくれた。ファルコンズでも、7月最後の練習のあとに送別会がおこなわれた。航介君は、名セカンドがいなくなったら困ると言って、涙を流した。

「翔太、絶対に野球を続けろよ。そして、県大会で対戦しようぜ」

航介君は、ぼくの手を固く握った。しかし、ぼくはもう野球をするつもりはなかった。野球は好きだけど、練習をつんでも、これ以上うまくならない気がしていた。それに両親から、今回の転勤を機に一戸建てを購入するつもりでいて、10月か11月から母がパートに出ると言われていた。介護施設の調理員をするので、土日や祝日にも勤務がある。つまり、お茶当番や配車当番ができないから、少年野球チームには入れない。

そんなことまで説明するわけにもいかず、ぼくは航介君の手を握り返した。そして、ファルコンズのメンバーと共に汗を流した小学校のグラウンドをあとにした。

転校は、思っていたほど大変でなかった。ぼくは仲間外れにされることもなく、休み時間はみんなとサッカーやバスケをした。前の学校で野球をしていたことは言わなかった。この学校のチームにさそわれると、断るのに苦労すると思ったからだ。

困ったのは、土日のつぶしかただ。これまで日曜日はファルコンズの練習や試合があったので、土曜日に思いきり休んでいた。父も毎週土曜日が休みだったから、家族３人で温泉施設に行ったり、一日中ＤＳのゲームをしたりした。

ところが、土日ともにヒマになってしまい、大げさに言えば、ぼくは人生に張りがなくなった。両親が35年ローンで購入した分譲住宅が完成するのは、ぼくが小学６年生になるころだというから、１年半以上先だ。引っ越したアパートは、前のアパートよりも古くて狭くて、町の中心からも離れている。しかたなく、ぼくは右も左もわからない町を自転車でうろうろ走った。

10月最初の金曜日、帰りの会で、土日におこなわれる公民館祭の案内が配られた。焼きそばやタコ焼きの屋台が出て、マジックショーやブラスバンドの演奏もあるというので、ぼくは喜んだ。介護施設で働きだしたばかりの母もプリントを見てホッとしていた。

翌日、午前10時の開場に合わせて自転車で公民館に行くと、すでにひとだかりができていた。ただし、ぼくが通う小学校とはかなり離れているので、知っている子はいなかった。

ひとりで館内の催しを見物していると、将棋をしている部屋があった。

「どう、やってみない？　初めてでも、だいじょうぶだから」

声をかけてきた女のひとは母より少し若くて、とてもやさしそうだった。

「いえ、いいです」

ぼくが尻込みしたのは、その部屋で将棋をしているのがお年寄りばかりだったからだ。

「だいじょうぶよ。駒の動かしかたから教えてあげるから。何年生？　お名前は？」

断りきれずに学年と名前を言い、ぼくは将棋盤がおかれた机の前にすわった。こちら側とあちら側に、同じ配置でずらりと駒が置かれている。

「将棋はね、二人で対戦するゲームなの。この状態から交代で1回ずつ駒を動かしていくんだけど、駒は種類によって動きかたがちがっていて、相手の玉を先に詰ましたほうが勝ち。『詰み』がどういうことかは、あとで説明します」

そう言って、女のひとは自分の王と、ぼくの王を指さした。

「玉には点があって、王には点がないけれど、どちらも王様ということ」

つぎに、女のひとが、最前列にずらりと並んだ「歩兵」と書かれた駒を指さした。

「ふひょう、略して『ふ』」だという。ぼくは教えられたとおりに自分の利き手である右手の人差し指と中指で歩の駒を挟み、将棋盤に打った。

「パチン」

音がはじけた。

「あら、じょうず」

女のひとが笑顔になった。つぎは、歩の動かしかたを教わった。歩は、前にひとつだけ進む。うしろに下がることも、横や斜めに動くこともできない。相手陣の三段目に入ると、成って「と金《きん》」に変わる。続いて、金と銀と王の動きかたを教わった。歩とちがい、動ける場所がいくつもある。ただし、どの駒も、味方の駒がいる場所へは移動できない。反対に、自分の駒を動かしたい場所に敵の駒がいる場合は、敵の駒を取って、自分の駒をその場所に移動できる。取った敵の駒は自分の駒になり、好きなときに、空いている場所に打つことができるのだという。

「それじゃあ、いよいよ将棋で一番大事なことを教えるわよ」

目を見ながら言われて、ぼくはドキドキした。

「つぎに玉を取るぞ、という指し手を『王手』と言います。王手をされたほうは、玉が逃げるか、他の駒で王手を防ぐかして、かならず王手のかかっている状態から逃れなければなりません」

女のひとは改まった口調で言い、盤上の駒を全部どけたあとに玉と金で「王手」の状態をつくった。

「どこに逃げたらいいと思う?」と聞かれて、ぼくは玉を右斜め下に動かした。

「そうね。じゃあ、玉が一番下の段にいて、一段空いた三段目に金が2枚並んでいます。そして、こっちの金が玉の正面に動いたら」

「逃げ場所がないので、玉でその金を取るしかないけど、もう1枚の金に玉が取られてしまう。つまり、ぼくの負け」

「大正解!」と言って、女のひとが拍手をした。

「いまみたいに、玉がどこに動いても相手の駒に取られてしまう状態を『詰み』と言います。自分の玉が『詰み』になってしまったら、『負けました』と言うの。そのあと、おたがいに『ありがとうございました』と礼をして、戦いは終わりになります」

わかりやすく説明してもらい、ぼくは大きくうなずいた。

「これは『詰め将棋』の本。『詰め将棋』というのは、王手をかけ続けて玉を詰ませる、将棋の練習問題ね。最初の問題から、1問ずつ解いていきましょう」

手渡された初心者用の詰め将棋の本を見ながら、ぼくは盤に駒をおいた。最初のほうはどれも一手で詰める問題だったので、すぐにわかった。それが3手詰めになり、金と銀に桂馬と香車《きょうしゃ》が加わって、問題が難しくなっていったが、ぼくはつぎつぎに解いていった。

（将棋って、おもしろい）

「将棋って、おもしろいだろ」

頭のなかで思ったことをそのまま言われて、ぼくは驚いた。顔をあげると、背広にネクタイをした男のひとが立っている。背が高くて、イケメンだ。

「妻から聞いたんだけど、まったくの初心者なんだってね。1時間ちょっとで、そこまで進めるなんて、たいしたものだよ」

有賀先生は自己紹介をしたあと、角と飛車の動きを教えてくれた。これで全部の駒の動きをおぼえたことになる。大駒が加わり、盤上で攻守の駒が複雑にからみ合う。すぐには正解が見つからないが、それでも一生懸命に考えていると、玉を詰ませるいい手がひらめいた。

「最後に、この詰め将棋を解いてごらん」

有賀先生が軽やかな手つきで駒をおいていく。

「持ち駒は角と香車。5手詰め。5分で解けたら8級」

8級というのが、どれほどの強さかわからなかったが、ぼくは駒の配置をじっと見た。初手は歩が成って、と金で王手。同玉で、問題は3手目の角をどこから打つのかだ。

(わかった！)

喜びで胸が高鳴ったが、ぼくはおちついて詰みまでの手順をたしかめた。

(だいじょうぶ、まちがいない)

ぼくは歩を前に進めて、と金に成った。有賀先生の手つきとは大ちがいだが、2

時間ほど前に将棋の駒を初めて持ったばかりなのだから、下手《へた》なのはしかたがない。ぼくは手を進めて、玉を隅に追いつめた。

「お見事！」

有賀先生が笑顔でほめてくれた。とてもうれしかったが、ぼくは疲れはてていた。こんなに集中して頭をつかったのは、生まれて初めてだ。

「きみは、なかなか有望だよ」

有賀先生は公民館で第2と第4日曜日に、こども将棋教室を開いている。初心者歓迎だけれど、一局指せるようになってから入ったほうがいい。強くなるためには詰め将棋をたくさん解くこと。となりの図書館には将棋の本がかなりおいてあるし、DSを持っているなら、少し高いけど将棋ソフトを買って、コンピューターを相手に対局をこなすことをすすめてくれた。

そこで、どこの小学校なのかときかれて、ぼくは答えた。残念ながら、うちの学校からはひとりも有賀先生の将棋教室に通っていないという。それでも小中学生あわせて20人ほどの生徒がいるとのことだった。

「野崎君は、羽生善治《はぶよしはる》ってひとの名前を聞いたことがある？」

ぼくが首を横に振ると、有賀先生の顔がほんの少し曇った。

「いまでも現役の、史上最強の天才棋士。棋士というのは、将棋のプロのことなんだけどね。その羽生善治先生が1996年2月14日に王将戦を制して、史上初めて7つあるタイトルを独占したんだ。『羽生フィーバー』と呼ばれるほどの大人気で、将棋の一大ブームが起きた。それから15年が過ぎて、将棋人口はすっかり減ってしまった。でも、ぼくは、いずれまた将棋ブームがくるんじゃないかと思っている。駒を手にするきっかけさえあれば、今日の野崎君のように、多くのこどもたちが将棋の魅力に気づくはずなんだ。それじゃあ、楽しみに待ってるから」

「ありがとうございました」

ぼくは感謝をこめて礼をした。さっそく、となりの図書館で将棋の入門書と詰め将棋の本を借りて、屋台で焼きそばとタコ焼きも買って、自転車をこいで家に帰った。

ひとりで焼きそばとタコ焼きを食べたあと、画用紙を切り、玉から歩まで、40枚の駒をつくった。段ボールで盤もつくり、出来立ての駒と盤で詰め将棋の問題を解いていく。

夕方になって帰ってきた母に、ぼくは将棋の楽しさを夢中になって話した。母は駒と盤を見て、こんなにたくさんの駒をよくつくったわねと感心していた。貯《た》めていたお年玉でＤＳの将棋ソフトを買いたいと頼むと、おとうさんに話してみると言ってくれた。

ぼくはコンピューターソフトを相手に対局をくりかえした。図書館で将棋の本をつぎつぎに借り、「棒銀《ぼうぎん》」「振《ふ》り飛車《びしゃ》」「矢倉《やぐら》」といった戦法をおぼえていった。そして、一日10問をノルマに詰め将棋を解いた。「将棋世界」や「ＮＨＫ将棋講座」のバックナンバーも借りて、棋士の名前やタイトル戦の名前をおぼえた。将棋の本や雑誌は基本的に大人むけで、知らない単語や難しい言いかたがたくさんつかわれていたけれど、それにもすぐになれた。

11月の第2日曜日に、ぼくは母と一緒に有賀先生のこども将棋教室に行った。初めて駒を持ってから1ヵ月しかたっていなかったが、もう我慢できなかった。

有賀先生との試験対局は、先生が飛車と角、それに香車を2枚とも落とした4枚落ちだった。対局者の実力に差があるとき、将棋では強いほうが駒を何枚か外して指す。それを「駒落ち」と言う。歩は外さず、歩以外の駒を何枚か外すことで勝負を伯仲させるのだ。駒落ち将棋の定跡をおぼえておくと昇級が早いと本に書いてあったので、ぼくは4枚落ちの将棋も勉強していた。

研究の甲斐《かい》あって、ぼくは一気に相手陣を突破した。ところが、有賀先生の猛反撃にあい、ぼくの玉に王手がかかった。逃げる場所は右上か左下の二択。先生の駒台には角と桂馬と歩が3枚ある。ぼくはあらんかぎりの力で考えて、玉を右上に逃がした。

「うん、そっちが正解。負けました」

有賀先生が頭をさげた。

「ありがとうございました」と、ぼくも礼をした。

「ひと月で、駒落ち将棋まで勉強してくるとは思わなかったよ。誰かに教わったの?」

どうしてそんなことがわかるのだろうとふしぎに思いながら、ぼくは理由を話した。

「それじゃあ、6級から始めようか。上達の度合いによって昇級するからね」

その日、ぼくは同じ6級の生徒二人と指して2連勝した。つぎの教室では5級の生徒を二人とも倒して、4級に昇級した。

クリスマスプレゼントにビニール製の盤とプラスチック製の駒を買ってもらい、ぼくは冬休みのあいだもひたすら将棋を指した。将棋は、誰の指図も受けずに、自分が考えた手を指せる。勝つのも、負けるのも、100パーセント自分の責任だ。だからこそ、必死に考えて、相手の玉を詰ませたときは本当にうれしい。

朝霞こども将棋教室で、ぼくは連勝を続けた。3級から2級へ、2級から1級へと順調に昇級し、ついに今日の1局目に勝って初段になったのだが、山沢君に苦杯をなめさせられた。

正直に言って、いまのぼくの実力では、どうやっても山沢君に敵《かな》わないだろう。でも、つぎに対戦するときまでに少しでも力をつけて、山沢君を本気にさせたい。

朝霞こども将棋教室には、二段が山沢君を入れて3人、初段はぼくを入れて4人いる。2週間後の教室では対戦がなくても、そのつぎの教室で当たる可能性はかなりある。4週間で、どれだけのことができるのか。いや、つぎの教室で当たった場合でも、今日よりききわどい将棋にするために対策を練らなくてはならない。

いくら山沢君が強いとはいえ、初の敗戦はやはりショックで、ファルコンズでのことにまでさかのぼって思い返しながら自転車こいでいるあいだに日が暮れて、アパートに着いたときには暗かった。ぼくは部屋の電気をつけて洗濯物を取りこみ、カーテンを閉めた。

そこまでするど、猛烈に眠くなってきた。山沢君との対局で力をつかいはたしたうえに、2時間も将棋の勉強をして、さらに20分も自転車をこいだからだ。

「もう、ダメだ」

畳に寝ころぶと、ぼくは眠りに引きこまれた。

月曜日の朝がきて、ぼくはランドセルを背負って小学校にむかった。朝ごはんを食べているときもそうだったが、ぼくの頭は将棋のことでいっぱいだった。

（横歩取りで勝負してやる）

それが、ぼくの選んだ作戦だった。横歩取りは、プロ同士の対戦でもよく指されている流行の戦型で、玉を囲わずに序盤から攻め合う。二段の山沢君との対局では、初段のぼくが先手番《せんてばん》になる。横歩取りは後手番《ごてばん》でも主導権を握れるのが魅力の戦法だから、山沢君は待ってましたとばかりに攻めてくるはずだ。しかし、ぼくが正確に受け続ければ、こんなはずではないと動揺して、スキが生まれるかもしれない。ただし、途中の変化が多いので、よほど研究して対局にのぞまないと、短手数で押し切られてしまう。

通学路を歩きながら、ぼくは頭のなかの将棋盤で横歩取りの対局を並べた。

「翔太、おはよう」

うしろから声をかけられて、ぼくは跳びあがった。

「そんなにビビるなよ。昼休み、サッカーしようぜ」

大熊悠斗《おおくまゆうと》君とは、4年生のときも一緒のクラスだった。正しくは、大熊君のいる4年1組にぼくが転入したのだ。クラブチームに所属しているだけあって、大熊君はたぶん学年で一番サッカーがうまい。それに、おじいさんが将棋好きで、小さいころに教えてもらったというので、ぼくにとっては将棋の話ができる唯一の友だちだった。今日も、さそってくれてうれしかったが、いまは全ての力を将棋にそそぎたい。

「きのう将棋教室で負けた相手にリベンジしたいんだ」

「へえ～、そうなんだ。で、どんなやつ？」

悠斗君にきかれて、小学2年生の男の子だと言うと、思いきり笑われた。

「ありえね〜。小5が小2に負けるなんて、ぜってえ、ありえねえ〜」

「サッカーや野球じゃそうだろうけど、将棋ではそういうことがあるんだって」

ぼくが詳しく説明すると、悠斗君はまだ信じられないようだったが、一応納得してくれた。

「わかったよ。それじゃあ、その山沢ってやつをさっさとぶっ倒して、また昼休みにサッカーをしようぜ」

「ありがとう。がんばるよ」

そう答えたものの、いくら横歩取りの研究をしても、山沢君に勝てる保証はなかった。最新型の研究なら、タブレットでプロ同士の対局を見られる山沢君のほうが断然有利だ。将棋の戦法は日進月歩で、ひとりの棋士が有力な新手を考えつくと、すぐにみんなが研究して取り入れるのだという。

(でも、やるしかない)

ぼくは昼休みも教室に残り、頭のなかで横歩取りの研究をした。放課後は盤と駒をつかってプロ同士の対局を並べる。そして詰め将棋をたっぷり解く。

アパートの部屋で、ひとりで将棋をしていると、山沢君の顔が頭に浮かんだ。小学2年生なのに厚いレンズのメガネをかけて、肌の色は白く、手足も細い。きっと、サッカーも野球も、あまりうまくはないだろう。

ぼくが山沢君について知っているのは、その程度だった。どこの小学校なのかや、何歳で将棋を始めたのかも知らない。山沢君だって、ぼくのことは名前と学年しか知らないはずだ。

(同じ将棋教室に通っていても、ぼくたちはおたがいのことをほとんど知らずに対局しているんだ)

そのことに、ぼくは初めて気づいた。ファルコンズのメンバーは全員同じ小学校だったし、どこに住んでいるのかも、きょうだいが何人いるのかも知っていた。食べものの好き嫌いや、勉強がどのくらいできるのかも知っていた。土まみれになって練習し、試合に勝てばみんなで喜び、負けてはみんなで悔しがった。

でも、一対一で戦う将棋では、勝っても、喜び合うチームメイトがいない。チームメイト同士で励まし合うこともない。将棋では、自分以外は全員が敵なのだ。

野球と将棋のちがいを考えているうちに、ぼくはさみしくなってきた。

(でも、山沢君がどのくらい強いかは、いやというほど知ってるぜ)

ぼくは山沢君との一局をくりかえし並べていた。おそらく、ぼくの指し手は全て読み筋にあったにちがいない。つまり、多少手強《てごわ》くはあっても、負ける気はしなかったはずだ。

(見てろよ、山沢。今度は、おまえが泣く番だ)

ぼくは気合いを入れたが、ますますさみしくなってきた。

(自分以外は、全員が敵か)

頭のなかでつぶやくと、涙がこぼれそうになった。

(将棋は、ある意味、野球よりきついよな)

ぼくは初めて将棋が怖くなった。

前回の将棋教室から2週間がたち、ぼくは自転車で公民館にむかった。母は、午後3時前に来てくれることになっていた。介護施設での昼食の支度と片付けがあるため、Aコースが始まる午後1時に来るのはどうしても無理だからだ。そのことは、母の携帯電話からのメールで、有賀先生に伝えていた。

この2週間、ぼくはひたすら横歩取りを研究した。できれば、今日は山沢君とは対戦せずに、別の相手に研究の成果をぶつけてみたい。

ぼくは父と母にも山沢君のことを話していた。二人とも、大熊君と同じく、ぼくが負けた相手が小学2年生だということに驚いていた。

「何回負けたって、いいんだぞ。おとうさんは、翔太が夢中になれるものを見つけたことがうれしいんだから」

「おかあさん、将棋は野球よりも、ずっと大変だと思うの。だって、野球なら、味方の活躍で勝つこともあるけど、将棋には味方がいないじゃない」

二人とも、駒の動かしかたすらわかっていないのだが、それなりに的確なアドバイスなのがおもしろかった。

公民館に着いて、こども将棋教室がおこなわれる103号室に入ると、ぼくは挨《あい》拶《さつ》をした。

「こんにちは。お願いします」

気合いが入りすぎて、いつもより大きな声が出た。

「おっ、いい挨拶だね。みんなも、野崎君みたいにしっかり挨拶をしよう」

有賀先生が言ったのに、返事をした生徒はひとりもいなかった。先生も、困ったように頭をかいている。ファルコンズだったら、罰として全員でベースランニングをさせられるところだ。

(将棋一辺倒じゃなくて、野球もやっててよかったよな)

ぼくは航太君のおとうさんと田坂監督に胸のうちで感謝した。

朝霞こども将棋教室では、最初の30分はクラス別に講義がおこなわれる。ぼくは初段になったので、今日から山沢君たちと同じ、一番上のクラスだ。ところが、有段者で来ているのはぼくと山沢君だけだった。

「そうなんだ。みんな、かぜをひいたり、法事だったりでね」

講義のあとは、ぼくと山沢君が対戦し、2局目は有賀先生がぼくたち二人を相手に二面指しをするという。前にも、先生が3人の生徒と同時に対局するところを見たが、手を読む速さに驚いた。プロが本気になったらどれほど強いのか、ぼくは想像もつかなかった。

「前回と同じ対局になってしまうけど、それでもいいかな？　先手は野崎君で」

「はい」

ぼくは自分を奮い立たせるように答えたが、山沢君はつまらなそうだった。

（よし。目にもの見せてやる）

ぼくは椅子にすわり、盤に駒を並べていった。

「おねがいします」

二人が同時に礼をした。山沢君が対局時計のボタンを押すと、ぼくはすぐに角道を開けた。山沢君もノータイムで角道を開けた。続いて、ぼくが飛車先の歩を突くと、山沢君は少し考えてから、同じく飛車先の歩を突いた。どうせまた振り飛車でくると思っていたはずだから、居飛車《いびしゃ》を選んだぼくに合わせようとしているのだ。

（よし、そうこなくちゃな）

ぼくは飛車先の歩を突き、山沢君も飛車先の歩を突いた。ぼくが飛車先の歩を伸ばせば、山沢君も飛車先の歩を伸ばす。この流れなら、まずまちがいなく横歩取りになる。あとは、研究の成果と、自分の読みを信じて、一手一手を力強く指すのみ。

序盤から大駒を切り合う激しい展開で、80手を越えると双方の玉が露出して、どこからでも王手がかかるようになった。しかし、どちらにも決め手がない。ぼくも山沢君もとっくに持ち時間はつかいきり、ますます難しくなっていく局面を一手30

秒以内で指し続ける。壁の時計に目をやる暇などないが、たぶん40分くらい経っているのではないだろうか。持ち時間が10分の将棋は30分あれば終わるから、ぼくはこんなに長い将棋を指したことはなかった。これでは有賀先生との2局目を指す時間がなくなってしまう。

「そのまま、最後まで指しなさい」

有賀先生が言って、そうこなくちゃと、ぼくは気合いが入った。かなり疲れていたが、絶対に負けるわけにはいかない。山沢君だって、そう思っているはずだ。

（勝ちをあせるな。相手玉を詰ますことよりも、自玉が詰まされないようにすることを第一に考えろ）

細心の注意を払って指していくうちに、形勢がぼくに傾いてきた。ただし、頭が疲れすぎていて、目がチカチカする。指がふるえて、駒をまっすぐにおけない。

「残念だけど、今日はここまでにしよう」

ぼくに手番がまわってきたところで、有賀先生が対局時計を止めた。

「もうすぐ3時だからね」

そう言われて壁の時計を見ると、短針は「3」を指し、長針が「12」にかかっている。40分どころか、1時間半も対局していたのだ。

　ぼくは盤面に視線を戻した。ぼくの玉はすでに相手陣に入っていて、詰ませられることはない。山沢君も入玉をねらっているが、10手あれば詰ませられそうな気がする。ただし手順がはっきり見えているわけではなかった。

「すごい勝負だったね。ぼくが将棋教室を始めてから一番の熱戦だった」

　プロ五段の有賀先生から最高の賛辞をもらったが、ぼくは詰み筋を懸命に探し続けた。

「馬引きからの7手詰めだよ」

　山沢君が悔しそうに言って、ぼくの馬を動かした。

「えっ？」

　まさか山沢君が話しかけてくるとは思わなかったので、ぼくはうまく返事ができなかった。

「こうして、こうなって」

　詰め将棋をするように、山沢君が盤上の駒を動かしていく。

「ほら、これで詰みだよ」

（なるほど、そのとおりだ）

頭のなかで答えながら、ぼくはあらためてメガネをかけた小学2年生の実力に感心していた。

「プロ同士の対局では、時間切れ引き分けなんてない。それは研修会でも、奨励会でも同じで、将棋の対局はかならず決着がつく。でも、ここは、小中学生むけのこども将棋教室だからね。今日の野崎君と山沢君の対局は引き分けとします」

有賀先生のことばに、ぼくはうなずいた。

「さあ、二人とも礼をして」

「ありがとうございました」

山沢君とぼくは同時に頭をさげた。そして顔をあげたとき、山沢君のうしろにぼくの両親が立っていた。

「えっ、あれっ。ああ、そうか」

ぼくは母が3時前に来る約束になっていたことを思いだしたが、まさか父まで来てくれるとは思ってもみなかった。もうBコースの生徒たちが部屋に入ってきていたので、ぼくはいそいで駒を箱にしまった。

「みなさん、ちょっと注目。これから野崎君に認定書を交付します」

ふつうは教室が始まるときにするのだが、有賀先生はぼくの両親に合わせてくれたのだ。

「野崎翔太殿。あなたを、朝霞こども将棋教室初段に認定します」

みんなの前で賞状をもらうなんて、生まれて初めてだ。そのあと有賀先生の奥さんが賞状を持ったぼくと有賀先生のツーショット写真を撮ってくれた。両親が入った4人での写真も撮ってくれた。

「野崎さん、ちょっといいですか。翔太君も」

有賀先生に手招きされて、ぼくと両親は廊下に出た。

「もう少し、むこうで話しましょうか」

どんな用件なのかと心配になりながら、ぼくは先生についていった。

「翔太君ですが、成長のスピードが著しいし、とてもまじめです。今日の一局も、じつにすばらしかった」

有賀先生によると、山沢君は小学生低学年の部で埼玉県のベスト4に入るほどの実力者なのだという。来年には研修会に入り、奨励会試験の合格、さらにはプロの棋士になることを目標にしているとのことだった。

「小学5年生の5月でアマチュア初段というのは、正直に言えば、プロを目ざすには遅すぎます。しかし野崎君には伸びしろが相当あると思いますので、親御さんのほうでも、これまで以上に応援してあげてください」

そう言うと、有賀先生は足早に廊下を戻っていった。

まさか、ここまで認めてもらっているとは思わなかったので、ぼくは呆然《ぼうぜん》としていた。将棋界のことをなにも知らない父と母はキツネにつままれたような顔をしている。二人とも、すぐに仕事に戻らなければならないというので、詳しいことは今晩話すことにした。

１０３号室に戻り、カバンを持って出入り口にむかうと、山沢君が立っていた。ぼくより20センチは小さくて、腕も脚もまるきり細いのに、負けん気の強そうな顔でこっちを見ている。

「つぎの対局は負けないよ。絶対に勝ってやる」

「うん、また指そう。そして、一緒に強くなろうよ」

ぼくが言うと、山沢君がメガネの奥の目をつりあげた。

「なに言ってんだよ。将棋では、自分以外はみんな敵なんだ」

小学2年生らしいムキになった態度がおかしかったし、「自分以外はみんな敵だ」と、ぼくだって思っていた。

「たしかに対局中は敵だけど、盤を離れたら、同じ将棋教室に通うライバルでいいんじゃないかな。ぼくは初段になったばかりだから、三段になろうとしているきみをライバルっていうのは、おこがましいけど」

ぼくの心ははずんでいた。個人競技である将棋にチームメイトはいないが、ライバルはきっといくらでもあらわれる。勝ったり負けたりをくりかえしながら、一緒に強くなっていけばいい。

「そういえば、この教室出身の大辻弓彦さんっていうひとが、関西の奨励会でがんばっているんだってね。大辻さんが先にプロになって、きみとぼくもプロになって、いつかプロ同士で対局できたら、すごいよね」

奨励会試験に合格するにはアマ四段の実力が必要とされる。それに試験では奨励会員との対局で五分以上の星をあげなければならない。合格して奨励会に入っても、プロになれるのは20パーセント以下だという。

それがどれほど困難なことか、正直なところ、ぼくにはよくわかっていなかった。

でも、どれほど苦しい道でも、絶対にやりぬいてみせる。

「このあと、となりの図書館で棋譜をつけるんだ。今日の、引き分けだった対局の」

ぼくが言うと、山沢君の表情がほんの少しやわらかくなった。

「それじゃあ、またね」

三つも年下のライバルに言うと、ぼくはかけ足で図書館にむかった。

第三話　それでも、将棋が好きだ

「負けました」

小倉祐也《おぐらゆうや》は頭をさげた。

「感想戦、する？　12時を過ぎてるけど、やるなら、つきあうよ」

野崎《のざき》君が気をつかってくれたが、祐也は下をむいたまま首をふった。

「いや、いいです……」

自分にも聞こえるか聞こえないかの、小さな声だった。祐也は、からだが縮んでいくような気がした。いっそのこと、目の前にある脚付きの五寸盤より小さくなり、将棋の駒くらいまで縮んで、この場からこっそり逃げだしたかった。

駒を片づけた野崎君が無言で座布団を立ったあとも、祐也はうつむいたままだった。

「あ～、ちくしょう。午前中の2局のうち、どっちかひとつ勝てば、Ｂ１にあがれたのに」

廊下のほうで藤沢《ふじさわ》君の声がした。藤沢君は祐也よりひとつ年下だが、研修会に入る前からのライバルだ。JT杯や、小学生名人戦の予選、それに浦和《うらわ》将棋センターで何度も対戦してきた。

祐也は小学5年生だった一昨年の10月に研修会に入会した。当時の棋力はアマ三段で、入会試験の対局は5勝3敗と健闘し、D1クラスに配属された。

藤沢君はそれからちょうど1年後、去年の10月に研修会に入ってきた。棋力はアマ五段とのことで、入会試験も6勝2敗と大きく勝ち越して、C2クラスでの入会となった。祐也はようやくC2クラスにあがったところだったので、大きなショックを受けた。

もっとも、今年の8月におこなわれた奨励会《しょうれいかい》試験は祐也も藤沢君も不合格だった。しかし、それがかえって発奮材料になったらしく、藤沢君はその後に連勝を重ねて、C2からC1、さらにB2へと見る間に昇級していった。

一方の祐也は2度目の奨励会試験に落ちたことで自信を失い、なにをしても勝てなくなった。先月、11月の末には、C2での2回目の降級点をとってD1に落ちた。

奮起して、C2への復帰を目ざしたが、あせりから負けが込み、D2に落ちる瀬戸際までできていた。中学生になって勉強が難しくなったせいもあるが、そんなことで調子を落とすようでは、棋士を目ざす資格がない。

「まあ、いいや。午後の2局に連勝すれば、B1にあがれるんだから」

2連敗したというのに、藤沢君はまるで気落ちしていないようだった。B1になれば、奨励会試験はまず間違いなく合格すると言われているし、さらにA2クラスにあがれば、来年8月の試験を待たずに奨励会に編入となる。

「おれは、午後の1局目を勝ったらC2なんだ」

藤沢君と話しているのは、山根《やまね》君だ。今日の1局目で、祐也は山根君に負けていた。これまで3勝1敗と得意にしていたのに、中盤で桂馬をタダで取られるミスをおかして、いいところなく敗れた。2局目の野崎君にも、負け知らずの3連勝中だったが、やはり中盤でこちらからしかけた直後にミスが出た。ねばったものの、最後はあえなく詰まされた。

藤沢君たちの声が聞こえなくなると、対局場である大広間が静かになった。祐也も盤の前から離れたかったが、からだが固まって動けない。このままD2に落ちるようなら、奨励会試験に合格する可能性はほぼないと言っていい。つまり、棋士にはなれない。

「小倉君」

研修会幹事の飯山《いいやま》七段に呼ばれて、祐也は顔をあげた。

「苦しいだろうけど、自分の将棋を信じて、がんばりなさい」

「はい」

温かい励ましのことばに、涙がこぼれそうになる。祐也はボディーバッグをつかんで大広間を出た。出入り口におかれた弁当には目もくれず、靴をつっかけて、階段をおりていく。

対局場である大広間は4階にあるため、研修会員はエレベーターをつかっていいことになっていたが、祐也はいつも階段だった。奨励会に入り、晴れて四段になったら、堂々とエレベーターに乗って4階にあがる。10年以上先のことかもしれないが、それまでは階段で通すというのが、研修会に入会するにあたって、祐也が立てた誓いだった。

お昼どきなので、2階の道場から出てきたひとたちで階段は混みあっていた。対局をしにきたこどもたちに、付き添いの親たち。制服を着た10人ほどの男子は、どこかの高校の将棋部だろうか。１階の売店付近も、グッズを買い求めるひとたちでにぎわっていた。加藤一二三《かとうひふみ》九段がテレビのバラエティー番組に出演するようになってから、将棋会館に来るひとが目に見えて増えた。もっとも研修会幹事の飯山七段によると、羽生善治《はぶよしはる》さんが七冠を独占したときには、鳩森八幡《はとのもりはちまん》神社を１周するほどの長蛇の列ができたという。

「すみません。通してください」

祐也は前屈《まえかが》みになって、将棋会館の外に出た。むかいにある鳩森八幡神社の境内にもひとだかりがしている。神前での結婚式を終えたカップルと、親族や友人たちが写真を撮っていて、誰もがしあわせいっぱいの笑顔を見せている。

（みじめなのは、おれだけだ）

胸のうちで嘆くと、祐也の目から涙が溢れた。顔をうつむかせたまま境内に沿って歩き、門柱のそばにある公衆電話ボックスに入る。テレフォンカードをいれて、０９０で始まる携帯電話の番号を押していくと、すぐに父が出た。

「祐也」

父の声を聞くなり、祐也は悲しみをおさえられなくなった。

「2連敗した。どっちの対局も、ぜんぜんダメだった。まるで自信がなくて、どう指したらいいのか、わからなくて……」

「そうか。相手は？」

「1局目が同じD1、2局目はD2。二人とも、これまでほとんど負けたことがない相手なのに……」

「祐也。おとうさん、将棋会館までむかえにいこうか？」

「いや、いい。いまも学校なんでしょ？」

祐也の父は埼玉県与野《よの》市にある県立高校の教頭だった。土日や祝日も、校長か教頭のどちらかが登校する。校庭や体育館では部活動がおこなわれているし、いつ緊急の連絡が入らないともかぎらないからだ。今朝も父は車で祐也を最寄《もよ》りの春日部《かすかべ》駅まで送ったあと、勤務する高校にむかった。

「ほかの先生方も来てるから、抜けようと思えば、抜けられるんだ」

「だいじょうぶ。おれ、もう、中1だよ」

強がりながらも、祐也は自分の声に力がないのに気づいていた。父にもそれがわかるらしく、ほんの数秒、間が空いた。

「お昼は、食べたのか？」

「まだ。2局目も、ぜんぜんダメだったけど、とにかくねばって、長い将棋になったから」

「そうか。それじゃあ、少しでもいいから、お弁当を食べなさい。午後の対戦相手は？」

「D1とC2……。おとうさん、おれ、将棋、もう、ダメかもしれない……。勉強もメチャメチャだし。おれ、どうしたらいいんだろう……」

「祐也。おとうさん、このあとすぐに学校を出て、電車で千駄ヶ谷《せんだがや》に行くから」

「いや、いい。だいじょうぶだから」

「祐也、祐也」

　父の声が響く受話器をかけると、祐也はその場にしゃがみ込んだ。

　公衆電話ボックスのなかにまで、結婚式に集まったひとたちのうれしそうな声が聞こえてくる。12月らしくない暖かい天気だからいいが、冷たい北風が吹いていたら、あのひとたちはどうしていたのだろう。

つかの間、将棋から気がそれて、祐也は立ちあがった。腕時計は12時25分を指している。午後の対局は1時15分からだ。

「どんな戦型で指しても、たぶん負ける。ゴキゲン中飛車《なかびしゃ》でも、三間飛車でも」

自分のつぶやきに、さらに落ち込んでいると、胃が痛くなってきた。父は少しでもお弁当を食べろと言ったが、食欲はまるでなかった。無理やり食べたら、対局中に吐いてしまうかもしれない。

(つらい。死ぬほどつらい。でも、逃げるわけにはいかないんだ)

祐也は自分を奮い立たせて、将棋会館に戻っていった。


祐也が将棋をおぼえたのは、小学3年生の4月だった。

「ぼくは将棋が得意です。このなかに、将棋を指せるひとはいますか?」

始業式の日に転校してきた米村《よねむら》君が、自己紹介で、みんなに聞いた。祐也も含めて、誰も手をあげなかったが、米村君はめげなかった。

「先生に聞いたら、将棋は日本にむかしからあるゲームなので、学校に盤と駒を持ってきてもいいということでした。ぼくが教えるので、給食が始まったら、昼休みに将棋をしませんか。誰か、将棋をおぼえたいひとはいますか？」

「はい！」

祐也は元気よく手をあげた。

「マジ？」

「なんで？」

みんながざわついても祐也は平気だった。なぜだかよくわからないが、将棋をしてみたいと思ったのだ。

「小倉祐也です。まわり将棋しかしたことがないけど、それでもだいじょうぶですか？」

「だいじょうぶよね。よかったわね、米村君」

先生が言って、米村君が大きくうなずいた。強気な態度をよそおっていても、内心ではドキドキしていたのだろう。祐也は、米村君と友だちになりたいと思った。

そのあとはクラスの係や班長を決めて、11時半に下校になった。帰り支度をしていると、米村君が祐也のところにやってきた。

「小倉君のうちは、どっちのほうなの？」

米村君が引っ越してきたマンションは、祐也の家から100メートルほどしか離れていなかった。ただし、祐也は学童保育に入っている。両親が共に教員だからで、いっしょには帰れない。

「そうなんだ」

米村君は残念そうだったが、こればかりはしかたがない。学童に入っていられるのは3年生の3学期までなので、4年生になったら放課後もあそべると祐也は言った。

学童保育の建物は校庭の隅にある。3月いっぱいで学童をやめた同級生もけっこういて、3年生は6人だけだった。わんぱくな2年生たちや、緊張気味の1年生たちの世話を焼いたので、午後6時ちょうどに母がむかえにきたとき、祐也はすっかり疲れていた。

「おかあさん、将棋のやりかたを知ってる？　まわり将棋じゃなくて、本当の将棋」

自転車を押しながら歩く母に、祐也はたずねた。

「あら、祐ちゃん。ひょっとして、学童で将棋を習ったの？」

母が大きな声で聞いてきた。小学校教員の母はとてもやさしいが、リアクションが大きいのが玉にキズだ。

「ちがう。転校生の米村君が、将棋が得意なんだって。それで、おかあさんは将棋のやりかたを知ってるの？」

祐也がムッとしながら同じ質問をくりかえすと、母が笑顔で答えた。

「はい、駒の動かしかたは知っています。でも、ぜんぜん強くありません」

母によると、祐也と六つちがいの兄・秀也《しゅうや》が小学生だったとき、学童で将棋がはやっていたのだという。たしかに学童保育のロッカーには木製の将棋盤と駒が３組もあった。ただし、まわり将棋や山崩しに使うだけで、本当の将棋をしているのを見たことはなかった。

父と母は、将棋をおぼえたいと言う兄に、学童にあるのと同じ木製の盤と駒と入門書を買ってあげた。父は将棋を少しは知っているので、入門書にしたがって駒の動かしかたを教えていった。育児休業中だった母もいっしょにおぼえたが、兄はほどなく飽きてしまったとのことだった。

「おとうさんに負かされるのがいやだったみたいよ。ほら、おにいちゃんは、ものすごい負けず嫌いだから」

中学3年生の兄は学年でトップクラスの成績だし、サッカー部でもレギュラーだ。祐也にとって自慢の兄だが、煙たい存在でもある。その兄が将棋はしなかったと聞いて、よけいにやる気が湧いた。

「うちに帰ったら、すぐに盤と駒をだして。それと、将棋の入門書も」

「いいわよ。やるからには、がんばって」

その日から、祐也は将棋に夢中になった。1週間後に給食が始まったときには、全部の駒の動かしかたをおぼえていたし、簡単な詰め将棋なら解けるようになっていた。しかし、対戦をしたことはなかったので、米村君にあっという間にやられてしまった。

「米村、すげえ」

「祐也、ダメじゃん」

二人をとりまいていたクラスメイトのヤジに、祐也は悔し涙を流した。

「外野はよけいなことを言わない。小倉君は、たった1週間で将棋のルールをおぼえたんだよ。まずは、そのことに感心するべきでしょう」

先生がかばってくれたが、祐也は初心者であることを負けた理由にされたくなかった。

5時間目の総合学習は図書室での授業だった。イライラしながら本棚を眺めていると、将棋の本が10冊以上も並んでいる。初心者むけの入門書だけでなく、詰め将棋の本や、戦法を解説した専門書もある。祐也はそのうちの3冊を借りて、学童で読みふけった。そして、米村君の戦法が棒銀《ぼうぎん》であることを突き止めた。その本には、棒銀への対策も書いてあったので、祐也は家に帰ると折りたたみ式の盤を広げて、本を見ながら駒を動かした。

「小倉君、今日も昼休みに将棋をする？」

つぎの日の朝、米村君が聞いてきた。

「もちろん」

祐也が自信満々に答えると、米村君が怪訝《けげん》な顔になった。

給食のあいだ、祐也は中飛車の手順を頭のなかで何度も思い返した。米村君が今日も棒銀でくるかどうかわからないが、負けてもともとなのだから、思いきってやるしかない。

「小倉君の先手でいいよ」

余裕たっぷりの米村君は、祐也が初手に5筋の歩を突くと、眉間《みけん》にしわを寄せた。3手目に飛車を中央に振り、将棋の本に書いてあったとおりの手順で攻めていく。自陣は銀冠《ぎんかんむり》に囲った。玉《ぎょく》の真上に銀をおくので、棒銀のような上からの攻めに強い。


米村君は明らかに戸惑っていて、何度も手がとまった。やがて双方の駒がぶつかり合うと、祐也が優勢になった。相手の銀と桂馬を取り、おまけに角が成って馬ができた。米村君は守りを固めたが、祐也は金《きん》をつくって地道に相手陣を崩していった。そして、ついに王手をかけたが、そこでチャイムが鳴って、25分間の昼休みが終わってしまった。

「祐也、やるじゃん」

「米村って、たいしたことなくねえ」

前日とは真逆のヤジに、米村君が悔しがっている。

「はい、そこまで。きのうも注意したけど、外野はよけいなことを言わない」

先生が言って、対局を見ていたクラスメイトたちは席についた。

「米村君。二人の力が拮抗《きっこう》していると、25分で決着をつけるのは難しいんじゃないかな」

じつは中学と高校で将棋部に入っていたのだと先生がうちあけて、クラス中が驚いた。女流棋士を目ざそうか、教師になるかで悩んだこともあったという。

「休み時間は、あくまで休み時間です。勉強のさまたげになるほど将棋に熱中してしまうなら、残念だけど、禁止にせざるをえません」

祐也は米村君と話し合い、学校では詰め将棋を解いたり、つぎの一手の問題をいっしょに考えたりすることにした。そして、土日に思うぞんぶん対局をする。場所は、児童センターがいい。

米村君との対局をくりかえして、祐也は強くなっていった。学校の図書室にあった将棋の本はすべて読んでしまったので、おこづかいで「NHK将棋講座」のテキストを買い、隅から隅まで読み尽くす。将棋に関することなら、いくらでも頭に入るし、いくら指してもあきることがなかった。

1学期の終わりに、父がDSの将棋ソフトを買ってくれて、祐也は夢中になった。夏休みがあけたときには、米村君を問題にしなくなっていた。米村君のほうでも、祐也にはかなわないと観念したようで、児童センターでの対局は自然に消滅した。

「おとうさん、おかあさん、お願いがあります」

秋のお彼岸の日、両親と兄がそろった夕食の席で、祐也はあらたまって言った。

「学童をやめさせてください。放課後は、家で将棋の勉強をさせてください」

顔を見合わせた父と母が、いかにも弱ったという表情になった。当時、教務主任だった父は午後10時前に帰れればいいほうだったし、母の帰宅も6時をすぎる。このご時世なので、放課後の時間をひとりで過ごすのは危ない。

救いの手を差し伸べてくれたのは兄の秀也だった。5月半ばでサッカー部を引退したので、午後4時半には家に帰ってこられる。受験勉強の邪魔をしないと約束するなら、学童をやめてもいいと言ってくれて、祐也は深く感謝した。

秋が過ぎ、冬が来ても、祐也の将棋に対する熱は冷めなかった。自分が強くなっているのはわかっていたが、将棋ソフトとばかり指していては、本当の力はわからない。

すると、今度もまた、兄が祐也を導いてくれた。中学の同級生に将棋の有段者がいて、かれの父親はアマチュアの強豪だそうだから、一度その家に行って腕試しをしてみるといいという。

3月半ばの日曜日に、祐也は母と兄につきそわれて春日部駅前にあるマンションを訪ねた。母は挨拶をしただけで帰っていったが、兄は残ってくれた。3日前に発表があり、兄は県立浦和高校に合格した。埼玉県内はもとより、全国でもトップクラスの進学校だ。

「まずは一局指してみようか」

1級建築士だという江幡《えばた》さんは、いかにも賢そうなひとだった。応接間のソファーにすわり、テーブルにおいた脚のない三寸盤に盛りあげ駒を並べながら、祐也は胸がわくわくした。

「駒落ちの将棋を指したことはある？」

「ありません。大人のひとと指すのも初めてです」

祐也が元気に答えると、江幡さんが笑いをこらえた。

「駒落ちは、落とされたほうも難しいからね。それじゃあ、駒落ちなし、対局時計もなしの平手ということで。よろしくお願いします」

「お願いします」

お辞儀をした祐也はすぐに角道を開けた。そこから得意の三間飛車にかまえて、ぐいぐい攻めていく。江幡さんはノータイムで受けていたが、祐也が相手の角を攻めながら優位を築いていくと、考える時間がしだいに長くなった。

祐也も優勢を意識したが、このまますんなり勝たせてくれるはずがないと思っていた。案の定、江幡さんの反撃が始まった。いくつもの狙いを秘めた手に悩まされながらも、祐也は楽しくてしかたがなかった。盤面は複雑になり、双方が一手指すたびに局面が大きく変化する。

「ものすごくダイナミックな勝負になっているね」

傍らで見ていた江幡さんの息子さんが声をもらして、祐也は集中がとぎれた。苦労して読んでいた筋がごちゃごちゃになってしまい、ため息をつきかけたのをかろうじてこらえた。

「どっちも飛車と角の筋が通っているだろ。おまけに桂馬と銀もくりだして、迫力満点の攻め合いになってるんだ」

江幡さんの息子さんは、兄に局面の解説しているようだった。気が散るから静かにしてくださいと言うわけにもいかず、祐也は盤から視線をはずした。

「啓介《けいすけ》。黙っていられないなら、むこうに行っていなさい」

江幡さんがきつい声で叱った。

「すみませんでした」

江幡さんの息子さんと兄が部屋を出ていったので、祐也はふたたび盤面に集中した。自陣に駒を足すか、それとも一気に寄せにいくべきか。ここが勝負の分かれ目だ。

（絶対に詰ませてやる！）

声にはださず、祐也は叫んだ。これまで経験したことのない速さで変化図が頭に浮かんでは消える。決断するより速く指が動いて駒を動かす。江幡さんも、瞬時に最強の手で応じてくる。おたがいの玉が中段までひっぱりだされて、どこからでも王手がかかる。読み間違えたら、一巻の終わりだ。

祐也は銀を出て、飛車の横効きで王手をかけた。これでいけると確信した瞬間、江幡さんが持ち駒の桂馬を打った。

「あっ」

祐也は声をあげた。祐也の王手を防いだ桂馬が、こちらの玉に対する王手になっている。頭のなかが真っ白で、なにも考えられない。それでも、「負けました」と言いながら、祐也は頭をさげた。

「将棋を始めて1年足らずと言ったね。小学3年生で、しかも、ほぼ独学だとは、ちょっと信じられないな。初段の力はじゅうぶんあるよ。ひと休みして、感想戦をしよう」

江幡さんが部屋を出ていくと、入れ替わるように兄と江幡さんの息子さんが入ってきた。

「祐ちゃんは、本当に将棋が強いんだね。いま、むこうの部屋で、どういうところがすごいのかを、啓介に詳しく説明してもらっていたんだ」

うれしそうに話す兄を見て、祐也もうれしくなった。

感想戦を15分ほどしたあと、江幡さんは祐也を浦和将棋センターの席主に紹介すると言ってくれた。千駄ヶ谷にある将棋会館の2階が道場になっているが、春日部からは電車で1時間はかかるし、参加者は玉石混交なので、せっかく行っても勉強になるとはかぎらない。その点、浦和将棋センターは選《え》りすぐりの小中学生が集まっているので、腕を磨くのにはもってこいだ。

「すげえなあ。おれなんて、浦和に行かせてもらうまでに3年かかったのに。まあ、秀也の弟だから、当然と言えば当然か」

浦和将棋センターの席主の金剛《こんごう》さんと江幡さんとは、アマチュアの大会でしのぎを削った間柄だという。

「9歳で初段か。このまま順調に伸びていけば、研修会から奨励会、さらにその先を目ざせるかもしれないよ」

これ以上ない褒めことばをもらい、祐也は江幡さんにお礼を言った。

兄が父と母にじょうずに話してくれたので、祐也は毎週土曜日に浦和将棋センターに通うことになった。江幡さんが言ったとおり、プロを目ざす精鋭が集まっていて、小学校の低学年でアマ二段、三段はあたりまえ。なかには、小学生名人戦の埼玉県代表までいて、最初の1～2ヵ月は、なかなか勝てなかった。

しかし、祐也は諦めなかった。得意の振り飛車に磨きをかける一方、戦法のバリエーションを増やし、もちまえのねばりとパワーで勝利をつかむ。初段から二段にあがり、さらに小学5年生の10月に三段にあがったところで、祐也は金剛さんから研修会の入会試験を受けてもいいと言われた。

二段でも研修会に入れるが、Fクラスか E クラスに配属される。どのクラスであれ、高い勝率をあげて昇級するのは簡単ではない。それよりも、三段になってから試験を受けて、Dクラスに入るほうが得策だというのが金剛さんの考えだった。そして来年8月の奨励会試験にむけて、全力で将棋に取り組む。

4局ずつ、2日に分けての計8局の試験対局は5勝3敗と健闘してD2クラスで入会したものの、研修会員は猛者《もさ》ぞろいだった。しかも祐也は自分の棋力が伸びていないことにうすうす気づいていた。小学6年生の夏に初めて受けた奨励会試験は、初日の研修会員同士の対局で1勝しかできずに落ちた。

今年の4月、祐也は中学生になった。兄の秀也は東北大学医学部に進学した。医学部は合格するのも大変だが、入学してからがさらにいそがしくなるという。じっさい、仙台《せんだい》での慣れない独り暮らしで、兄はかなり苦労しているようだった。それでも兄は祐也のことを気にかけて、電話のたびに、将棋も勉強もがんばるようにと励ましてくれた。

祐也は、勉強ではとても兄にかなわなかった。父も母も、それはしかたがないと思っているようなのが悔しかった。

「絶対に棋士になってやる」

祐也は毎日のように誓ったが、負けたくない気持ちが先に立ち、思いきった将棋が指せなくなっていた。とくに自分より実力が上のC1クラスが相手だと、ほとんど勝てない。これでは、まぐれで奨励会試験に合格しても、そこから先はさらに険しい道のりになる。金剛さんも、江幡さんも、奨励会の途中でプロになるのを断念していた。

しかし、プロの棋士になる以外に、国立大学の医学部に現役で合格した兄と肩を並べる方法はない。棋士になれば、兄に対して引け目を感じなくて済む。

中学生になってから、祐也は夜中に目をさますことが増えた。授業中も、ふと気がつくと将棋のことを考えている。反対に、将棋を指しているときには、学校の勉強をおろそかにしていることが気になってしまう。

それでも、1学期の成績はそこそこ良かった。がんばれば、もっと点を取れたはずだが、8月半ばに2度目の奨励会試験をひかえていたので、祐也は期末テストの前日もネット将棋を5局も指した。

それだけに、奨励会試験には万全の態勢でのぞんだ。初日の研修会員どうしでの対局はなんとか勝ち越したが、2日目の奨励会員との対戦では1勝もあげられなかった。技術よりも気魄《きはく》で圧倒されて、祐也は落ちこんだ。

「みんな、鬼のようだった。おれは、とてもあんなふうにはなれない」

内心で白旗をあげながらも、祐也は両親と兄にむかい、来年こそは奨励会試験に合格してみせると意気込みを語った。両親と兄も、がんばるようにと言ってくれた。

しかし、将棋にうそはつけない。祐也は研修会の対局でさっぱり勝てなくなった。

中学校の勉強もしだいに難しくなり、2学期の中間テストではどの教科も10点以上点数をさげた。数学と理科にいたっては赤点に近かった。驚いた両親はテストの解答用紙を見て、祐也がいかに勉強していなかったかを見抜いた。二人とも教師だけに、感情にまかせて怒鳴ることはなかったが、祐也は立つ瀬がなかった。

「将棋と勉強を両立させてみせるというおまえのことばを信じてきたが、あれはうそだったのか」

「将棋のプロになれるかどうかが不安で勉強が手につかなかったというなら、もう将棋はさせられないぞ」

おもに父が話し、母は悲しそうな顔でじっと考え込んでいた。2学期の期末テストで点数がさらに落ちるようなら将棋はやめると、祐也は誓った。

しかし、背水の陣を敷いても、なにも変わらなかった。あいかわらず、授業中には将棋のことを考えてしまい、研修会での対局中に苦手な数学や理科のことが頭をよぎる。まさに悪循環で、なんでもない局面なのに迷いが生じ、つまらないミスをおかして、負けを重ねた。10月の第2日曜日には、ついに初の4連敗をきっして二度目の降級点を取り、祐也はC2からD1に降級した。

その後は持ち直したが、前回、11月第4日曜日の研修会でふたたび4連敗して、気持ちが折れた。今日も、正直に言えば、研修会にくるのがこわかった。自信を失った状態で勝てるほど、研修会の将棋は甘くない。

悪い予感は当たり、祐也は午前中の2局に連敗して降級点がついた。立ち直りのきっかけすらつかめない、最悪の内容だった。

これまでは、午前中の対局で2連敗しても、お昼に父と電話で話すうちに気力がわいた。しかし、祐也はもはや虚勢を張ることすらできなかった。

鳩森八幡神社の電話ボックスから将棋会館に戻り、祐也は4階の桂の間で幕の内弁当を食べた。胃が痛いし、まるで味がしないのに、どんどん食べられるのがふしぎだった。

「小倉君。持ち時間なしの一手10秒で一局指さない？」

今日の2局目に対戦した野崎君が声をかけてくれたが、祐也は首を横に振った。

1年前、野崎君は将棋を始めてわずか2年で研修会に入ってきた。入会試験の1局目を祐也が指したので、よくおぼえていた。朝霞《あさか》こども将棋教室に通っていて、二段になったばかり、歳《とし》は祐也よりひとつ上だという。

「中1で二段？　それで、どうやってプロになるんだよ。こいつ研修会をなめてるだろ」

むやみに腹が立ち、祐也は野崎君を容赦なく叩《たた》きつぶした。じっさい、野崎君は入会試験の8局を3勝5敗の成績で、E2クラスでの入会となった。

「あんなやつはE2が最高で、あとは落ちていくだけさ」

祐也がいつになくイジワルな気持ちになったのは、野崎君と同じ朝霞こども将棋教室に通っていた山沢貴司《やまさわたかし》君にまったく歯が立たなかったからだ。祐也より4ヵ月あとに入会してきた山沢君は小学3年生にして四段だった。評判通り、破格の強さで、8月の奨励会試験に合格して小学4年生での奨励会入りとなり、ちょっとしたニュースになった。

一方、野崎君も派手さはないが、着実に自力をつけていた。祐也の予想に反してE2からE1へ、そしてさらにD2へと昇級し、2ヵ月ほど前から祐也とも対局が組まれるようになった。もっとも祐也のほうが力は上で、最初の試験対局と合わせて3連勝していたが、今日の2局目でついに初黒星を喫してしまったのである。

祐也は、野崎君に密《ひそ》かに感心していた。D2では、奨励会試験に合格するのはかなり難しい。野崎君はもう中学2年生なのだから、かりにこのままのペースで昇級したとしても、合格ラインであるC2にあがるのは1年後だ。奨励会へは6級で入会するのが普通だから、高校1年生での入会では、21歳の誕生日までに初段というハードルはまず越えられない。

つまり野崎君は祐也以上に焦らなければならないはずなのに、いまもひとりで黙々と詰め将棋を解いている。その落ち着いた態度は、祐也がまねしたくても、まねようのないものだった。

やがて1時15分が近づき、ひとりまたひとりと対局場である大広間にむかっていく。祐也も桂の間を出て盤の前にすわったが、とたんに緊張しだして、呼吸が浅くなるのがわかった。

3局目の将棋も、まるでいいところがなかった。飛車を振る位置を三度も変える体たらくで、かつてなくみじめな敗戦だった。

4局目も、中盤の入り口で、銀をタダで取られるミスをした。祐也は大広間から廊下に出て、頭を抱えた。

「祐也」

呼ばれて顔をあげると、三和土《たたき》に背広を着た父が立っていた。

「どうした?」

心配顔の父に聞かれて、祐也は4連敗しそうだと言った。

「そうか。それじゃあ、もう休もう。ずいぶん、苦しかったろう」

祐也は父に歩みよった。肩に手を置かれて、その手で背中をさすられた。

「挽回《ばんかい》できそうにないのか?」

手を離した父が一歩さがって聞いた。

「無理だと思う」

祐也は目を伏せた。

「そうか。それでも最後まで最善を尽くしてきなさい」

「わかった」

父に背をむけて、祐也は大広間に戻った。どう見ても逆転などあり得ない状況で、こんな将棋にしてしまった自分が情けなかった。

10手後、祐也は頭をさげた。次回の、今年最後の研修会で1局目から3連勝しないかぎり、D1で2度目の降級点がつき、D2に落ちる。これでは奨励会試験に合格するはずがない。しかし、そんなことよりも、いまのままでは、将棋自体が嫌いになりそうで、それがなによりこわかった。

祐也はボディーバッグを持ち、大広間を出た。

「負けたのか？」

父に聞かれて、祐也はうなずいた。そのまま二人で1階まで階段をおりて、JR千駄ヶ谷駅へと続く道を歩いていく。いきには気づかなかったが、街はクリスマスの飾りでいっぱいだった。

「プロを目ざすのは、もうやめにしなさい」

祐也より頭ひとつ大きな父が言った。

「2週間後の研修会を最後にして、少し将棋を休むといい。いまのままだと、きみは取り返しのつかないことになる。わかったね？」

「はい」

そう答えた祐也の目から涙が流れた。足がとまり、溢《あふ》れた涙が頬をつたって、地面にぼとぼと落ちていく。胸がわななき、祐也はしゃくりあげた。こんなふうに泣くのは、保育園の年少組以来だ。身も世もなく泣きじゃくるうちに、ずっと頭をおおっていたモヤが晴れていくのがわかった。

「将棋をやめろと言っているんじゃない。将棋は、一生をかけて、指していけばいい。しかし、おととしの10月に研修会に入ってから、きみはあきらかにおかしかった。おとうさんも、おかあさんも、気づいてはいたんだが、将棋については素人《しろうと》同然だから、どうやってとめていいか、わからなかった。2年と2ヵ月、よくがんばった。今日まで、ひとりで苦しませて、申しわけなかった」

父が頭をさげた。

「そんなことはない」

祐也は首を横にふった。

「たぶん、きみは、秀也が国立大学の医学部に現役合格したことで、相当なプレッシャーを感じていたんだろう」

父はそれから、ひとの成長のペースは千差万別なのだから、あわてる必要はないという意味の話をした。

千駄ヶ谷駅で総武《そうぶ》線に乗ってからも、父は、世間の誰もが感心したり、褒めそやしたりする能力だけが人間の可能性ではないのだということをわかりやすく話してくれた。

「すぐには気持ちを切り換えられないだろうが、まだ中学1年生の12月なんだから、いくらでも挽回はきく。高校は、偏差値よりも、将棋部があるかどうかで選ぶといい。そして、自分なりの将棋の楽しみかたを見つけるんだ」

ありがたい話だと思ったが、祐也はしだいに眠たくなってきた。錦糸町《きんしちょう》駅で乗り換えた東京メトロ半蔵門《はんぞうもん》線のシートにすわるなり、祐也は眠りに落ちた。

午後6時すぎに家に着くと、玄関で母がむかえてくれた。

「祐ちゃん、お帰りなさい。お風呂が沸いているから、そのまま入ったら」

いつもどおり、張り切った声で話す母に、祐也は顔がほころんだ。

浴槽につかっているあいだも、夕飯のあいだも、祐也は何度も眠りかけた。2年と2ヵ月、研修会で戦ってきた緊張がとけて、ただただ眠たかった。

悲しみにおそわれたのは、ベッドに入ってからだ。

「もう、棋士にはなれないんだ」

祐也の目から涙が溢れた。布団をかぶって泣いているうちに眠ってしまい、ふと目をさますと夜中の1時すぎだった。父と母も眠っているらしく、家のなかは物音ひとつしなかった。

常夜灯がついた部屋で、ベッドのうえに正座をすると、祐也は将棋をおぼえてからの日々を思い返した。米村君はどうしているだろう。中学受験をして都内の私立に進んでしまったが、いまでも将棋を指しているだろうか。いつか野崎君と、どんな気持ちで研修会に通っていたのかを話してみたい。

祐也は、頭のなかで今日の4局を並べ直した。どれもひどい将棋だと思っていたが、1局目と2局目はミスをしたところで正しく指していれば、優勢に持ち込めたことがわかった。

「おれは将棋が好きだ。プロにはなれなかったけど、それでも将棋が好きだ」

うそ偽りのない思いにからだをふるわせながら、祐也はベッドに横になり、深い眠りに落ちていった。

第四話　娘のしあわせ

日吉悦子《ひよしえつこ》は区民センターに入ると、エアコンの涼しさにホッと息をついた。夏休み中の日曜日の午後で、数人の小学生たちがソファーでコンピューターゲームをしている。

受付のボードには、〈201号室　港北《こうほく》こども将棋教室〉とあり、4月の初めに葉子《ようこ》につきそって入会の手続きにきたときは1階の部屋だったたと思いながら、悦子はすべり止めがついた階段をあがっていった。

廊下を歩いて201号室の前まで来ると、ドアに貼り紙がしてある。

〈対局中につき、静かに入室してください〉

悦子はひるんで、なかなかドアを押せなかった。どんなに静かに入室したとしても、なかにいる全員がこわい顔でこっちを見てきそうな気がする。娘の葉子は、将棋の勉強をしているときに声をかけようものなら、「うるさい」と一喝してきた。

対する悦子は、将棋のルールさえ知らなかった。ただ、娘が本気で将棋に取り組んでいるのはわかっていたので、多少態度が悪くても叱らないようにしていた。じっさい、将棋をしているとき以外の葉子は朗らかで、家のことも自分から手伝ってくれた。小学校のクラスでも率先して係の仕事をしていると、通知表の担任からのコメント欄に書かれていた。

ところが、いったん将棋に集中すると、葉子は周囲がまったく見えなくなってしまう。勝敗についても話したがらないので、悦子は娘が現在何級なのかを知らなかった。将棋教室も見にこないでと言われていたため、区民センターにきたのは4ヵ月ぶりだ。

今日は、年一度の大会なのだという。港北こども将棋教室は毎月第2と第4の土日におこなわれていて、葉子は日曜日の午後1時から3時までのコースに通っていた。午後3時から5時までのコースもある。大会にはすべての生徒が参加して、午後1時開始、午後4時半終了の予定なので、帰りはいつもよりおそくなると、葉子は今日の出がけにとつぜん告げた。

「そういうことは、せめて、きのうのうちに教えてくれなくちゃ」

悦子は思わず文句を言った。しかし、葉子は無言で靴をはき、ふりかえりもせずに玄関を出ていった。悦子はあわててあとを追ったが、葉子は階段をつかったらしく、エレベーター乗り場の前に娘の姿はなかった。12階建てマンションの6階で、1基しかないエレベーターはB1の駐車場にいる。これではとても追いつけない。

「もう、なんなのよ」

悦子は頬をふくらませた。

その葉子から、30分ほど前に電話がかかってきた。

「つぎの対局に勝ったら優勝だから、区民センターにきて。準優勝でも、親子の写真をブログに載せるんだって」

いきなり言われて、悦子は目を白黒させた。葉子が将棋をはじめたのは今年のお正月だから、7ヵ月と3週間しかたっていない。将棋教室には中学生もいるはずなのに、どうして小学4年生の葉子が優勝できるのだろう。

「おかあさん、わかったの？　諏訪《すわ》先生に言われたんだから、かならずきてね」

悦子が返事をする前に、電話は切れた。公衆電話からだったので、こちらからはかけ直せない。区民センターに電話をかけて葉子を呼びだしてもらったりしたら、あとでどれほど怒られるかしれないと思い、悦子は受話器を置いた。

私鉄の運行管理センターに勤務する夫は日曜日の今日も出勤していた。週の半分は夜勤で、そのかわり平日の昼間に家にいることも多い。もっとも、夫も妻におとらず将棋について無知だったので、家にいたところで疑問は解消しなかっただろう。

（あの子、将棋の天才なのかしら？）

あまりに突飛《とっぴ》な想像に、悦子は笑いだした。自分も夫もごくふつうの人間だし、知るかぎり、特別な才能を発揮した親戚もいなかった。しかし、葉子がうそをついているとも思えない。

なにがどうなっているのかわからないまま、悦子は手早く支度をして自転車に乗った。区民センターは区役所のそばにあり、10分少々で到着した。ただし、あわてていたせいで帽子をかぶり忘れてしまい、顔が熱かった。

いつまでも廊下に立っているわけにいかず、悦子は息をひそめて201号室のドアを押した。大きな部屋のなかでは、60～70人ほどの小中学生たちが対局をしていた。会議用の横長のテーブルにひとつにつき3つの将棋盤をおき、こどもたちはそれぞれ盤にむき合ってすわっている。葉子も含めて、誰ひとりこちらに目をむけなかったので、悦子は胸をなでおろした。

ドアの近くの空いていたパイプ椅子にすわり、ふと気配を感じて顔をむけると、右側の壁に沿ってすわった親たちがこっちを見ている。父親もいれば、母親もいて、知らないひとばかりだったが、悦子はすわったまま会釈をした。適度に利いたエアコンのおかげで、顔のほてりはじきに引いた。

葉子はこちらむきにすわって対局していて、右手に持った扇子《せんす》で左の手のひらを叩《たた》いたり、扇子を開いて顔をあおいだりしている。堂に入った仕草と、余裕綽々《しゃくしゃく》といった顔つきに驚きながら、悦子はあらためて部屋のなかを見まわした。

港北こども将棋教室を主宰している諏訪先生は60歳くらいの男性で、机のあいだを歩きながらこどもたちの対局を見守っている。アマチュアの大会で何度も日本一に輝いたことがあり、指導者としても定評があるということは、将棋教室に入会するさいに葉子から聞いていた。正面の長机にいる20代の男性二人はどちらも諏訪先生が育てた棋士で、こどもたちの指導を手伝ってくれているとのことだった。

悦子は左側の壁に模造紙が貼られているのに気づいた。足音を立てないように、抜き足差し足で歩いていく。

模造紙には、大会規定とリーグ戦の対戦表が記されていた。段位・級位によって5クラスに分けられていて、15級から10級がDクラス、9級から6級がCクラス、5級から3級はBクラス、2級と1級がAクラス、有段者がSクラス。すべて平手（駒落ちなし）での対局で、振り駒で先手と後手を決める。持ち時間は5分、それをつかいきったあとは一手1分以内で指す。各クラスの優勝者にはトロフィーと副賞が授与されるとの説明を読みながら、悦子はようやく事情がのみこめた。

葉子は港北こども将棋教室の全生徒のなかで優勝しようとしているのではなく、分けられたクラスのなかで1位になりそうなのだ。しかも、この方式だと、10級や6級のように、各クラスのなかで強い子が有利だから、そのこともさいわいしたにちがいない。

（いいのよ。運も実力のうちなんだから）

安心した悦子はうきうきしながら対戦表を見ていったが、DクラスにもCクラスにも葉子の名前はなかった。

（ということは、もうBクラスなのかしら？）

しかし、Bクラスにも娘の名前はなく、悦子は胸がざわついた。まさかと思いながらAクラスの対戦表を見ていくと、6人並んだうちの一番下に「日吉葉子」とあった。葉子は2級で、ほかの5人は1級なのに、4勝0敗でここまできている。

（いつの間に、こんなに強くなったのよ）

なにかの間違いではないかと思いながら娘に目をむけると、葉子はさっきまでとは打ってかわって険しい顔をしている。相手の男の子もここまで4勝0敗だから、かなり強いにちがいない。負けてもいいが、どうか泣いたりしないでほしいと願いながら、悦子はドアの近くのパイプ椅子に戻った。

娘の姿を視野に入れつつ、ほかの生徒たちのようすも見ていると、ふいに一方がお辞儀をした。どうやら勝負がついたらしく、相手もお辞儀をした。どちらも葉子より年下の小学2～3年生くらいなのに、礼儀正しいのに悦子は感心した。緊張をといた男の子たちは駒を動かしながらことばを交わしている。

（負けたほうが、先にお辞儀をするわけね）

重要な情報をつかみ、悦子はひとりうなずいた。ほかの対局もつぎつぎ終わって、やはり負けたほうが先にお辞儀をするものらしい。諏訪先生は勝負を終えた子たちに笑顔で声をかけている。

そのとき、葉子が扇子を机においた。両手をそろえて、丁寧に頭をさげる姿を見て、悦子は悲しみにおそわれるのと同時に、娘を誇りに思った。勝負は時の運。大切なのは、正々堂々と戦い、その結果を受けいれることなのだ。

(娘をきちんと指導してくださり、ありがとうございます)

悦子は胸のうちで諏訪先生に感謝した。よほど薫陶《くんとう》がいきとどいているようで、葉子も含めて、負けたからといって泣きだしたり、怒って席を立ってしまう子はひとりもいなかった。

(葉ちゃんをうんと褒めてあげなくちゃ)

娘にやさしい目をむけていると、葉子が目立たないようにVサインをしてみせた。

「えっ?」

悦子は思わず声をだした。葉子も母親の勘違いを察したらしく、眉間にシワを寄せてにらんできたが、優勝がうれしいようで目は笑っている。

「負けを認めたときは、『負けました』と言ってお辞儀をするのが正しい作法だけど、お辞儀のかわりに、駒台に手を置いたり、手のひらを相手にむけるのでもいいの。つまり、自分の玉《ぎょく》はあなたに詰まされてしまったので、つぎの指し手はありませんという意志表示よね。それを受けて、勝ったほうもお辞儀をして、『ありがとうございました』と言うわけ。ところが、さっきは、相手がよっぽど悔しかったみたいで、駒台にほんのちょっとさわっただけで、『負けました』とも言わなかったから、わたしはバカ丁寧にお辞儀をしてやったわけよ。二つも年下の女子に負けるとは、思ってもみなかったんでしょ」

帰り道を並んで歩きながら、葉子は意気軒高だった。2級なのに、1級の男子を5人とも倒しての優勝とあっては、興奮するのもいたしかたないと思い、悦子は娘の乱暴なことばづかいを注意しなかった。

悦子が押す自転車の前かごにはトロフィーを納めた縦長の箱と、副賞にもらった羽生善治《はぶよしはる》さんの色紙が入っていた。超有名棋士の直筆色紙で、これには葉子も驚いていた。Sクラスで優勝した尾村《おむら》君のおかあさんによると、諏訪先生は顔がきくので、毎回賞品が豪華なのだという。表彰式と記念撮影が終わるのを待っているときにむこうから声をかけてきて、いろいろ教えてくれたのだ。尾村君はアマ三段で、すでに研修会に通っていると言われても、悦子にはなんのことだかわからなかった。

「葉ちゃんは、本当にすごいのね。諏訪先生もうんとほめていたじゃない。『大した娘さんですね。熱心だし、集中力がすばらしい。このまま努力すれば、女流棋士になれますよ』だって。おかあさん、ビックリしちゃって、うまくお礼が言えなくて」

写真撮影のあと、諏訪先生にかけてもらったことばを思いだし、悦子は誇らしさでいっぱいだった。

「今日の優勝で1級にあがったから、つぎは目ざせ初段ね。おかあさん、応援するから、思う存分がんばってね」

悦子が満面の笑顔で励ましたのに、葉子は表情をくもらせた。

「どうしたの？　おかあさん、なにか変なことを言った？」

「ううん、ちがう。大変なのはここからだから、これまで以上にがんばらなくちゃって思っただけ」

「おとうさん、早く電話をしてくればいいのにね」

表彰式のあいだに、悦子は夫の携帯電話に娘の優勝を報《しら》せるメールを送った。ただし、詳しい事情までは書けなかったので、夫も目を白黒させているにちがいない。

「おとうさん、ものすごく喜ぶわよ。葉ちゃんのことが大好きだから」

悦子がそう言ったとき、ハンドバッグのなかの携帯電話が鳴りだした。

「ほら、うわさをすれば、なんとやら」

ディスプレイには夫の名前が表示されていた。悦子は娘にうなずいてみせてから、携帯電話を開いて耳に当てた。


娘が初優勝を飾ったのをきっかけに、悦子は俄然《がぜん》将棋に興味を持った。葉子に頼んで入門書を貸してもらい、まずは駒の種類とそれぞれの駒の動かしかたをおぼえた。詰みというのが、いかなる状態なのかも理解した。しかし、初心者むけの3手詰めの詰め将棋を解くのにも苦労するありさまで、将棋を指すのは早々にあきらめた。

それでも悦子の将棋に対する関心は失《う》せなかった。葉子が毎月買っている「将棋世界」と「NHK将棋講座」テキストの頁《ページ》をめくり、羽生善治さん以外の棋士たちの名前と顔をおぼえた。若手の棋士にはイケメンが多いのに驚いたが、悦子は内藤《ないとう》國雄《くにお》九段や青野照市《あおのてるいち》九段といったベテラン棋士の泰然自若《たいぜんじじゃく》とした風貌にも魅力を感じた。

毎週日曜日には、午前10時から放送されるNHK教育テレビの将棋番組を葉子といっしょに観《み》た。ぶ厚い将棋盤をはさんで座布団にすわった二人の棋士は、初めのうちはほぼ無表情で、腕を組んだり、お茶を飲んだりしながら、落ち着いたようすで駒を動かしている。ところが、勝負所にさしかかると表情が引き締まり、盤に覆いかぶさるように身を乗りだす棋士もいて、見ているこちらにも緊張が伝わってくる。とくに秒読みに追われた棋士があわてた手つきで駒台に手を伸ばし、その駒を打つときには、時間切れになるのではないかとハラハラさせられた。

食事どきの話題はもっぱら将棋のことで、悦子が初歩的な質問をしても、葉子はうっとうしがらず、将棋界の仕組みや、個性豊かな棋士たちのエピソードを話してくれた。

夫も大喜びで、早めのクリスマスプレゼントとして葉子にはタブレットを、悦子にはスマホを買ってくれるという。ラインができるようになればママ友とのやりとりが楽になると喜んでいると、葉子はインターネットに接続してくれるだけでいいと言った。

「だって、ネット対局をするのと、棋譜を検索するのに使うだけだから。ラインなんて、ウザイだけ。電話は出るのも、かけるのも面倒くさい」

最近話題のネット依存症になることはなさそうだと安心しながらも、悦子は娘が学校で友だちと仲良くできているのかが心配になった。

大会の優勝ではずみがついたようで、葉子はますます将棋にのめり込んだ。放課後も週末も友だちと遊ばず、将棋に没頭している。

たゆまぬ努力は実を結び、葉子は小学5年生になったばかりの4月にアマ初段になった。さらに8月の将棋教室の大会で準優勝して二段になった。今回はSクラスでの出場で、唯一の黒星は尾村君につけられた。さらに12月には三段に昇段した。

悦子は、さすがにこわくなってきた。葉子を心から応援しながらも、いずれ壁に突き当たるだろうと思っていたからだ。60人ほどが通う港北こども将棋教室にもアマ三段の生徒は3～4人しかいないようだったし、ましてや女子は葉子ひとりだ。しかも昇段のスピードが群を抜いて速い。尾村君は去年からずっと三段のままだし、このところは葉子が3連勝しているのだという。

（ひょっとして、あの子は本当の天才なのかしら？　トンビが鷹《たか》を生むということわざがあるけれど、わたしは天才を産んだのかしら？）

夫に言ったら、「なにを勘違いしてるんだ」と呆《あき》れられるにちがいない。ママ友たちに話したら、絶対に仲間外れにされてしまう。悦子はひとりで悩み続けた。

ありがたいのは、葉子が以前となにも変わらないことだ。三段になったからといって得意がる素振りもなく、将棋に打ち込んでいる。

葉子と同じ小学5年生の冬休み、悦子は初恋の男子が私立中学を受験すると知って落ち込んでいた。成績優秀なうえにスポーツも万能で、とても手の届かない相手だとわかっていたが、中学校でもかれの活躍ぶりを間近に見られると思っていたのだ。それが私立の男子校に進むというので、悦子は大げさではなく、目の前が真っ暗になった。もっとも、彼女に教えてくれた友だちも同じように目の前が真っ暗になったそうだから、いまから思い返しても自分はごく平凡な女の子だったのだ。

（本当に、わたしは平凡な女の子だった。そして、いまは平凡な母親）

悦子は頭のなかでつぶやいた。ただし、そのことがいやなわけではない。1972年生まれなので、高校生になる前に男女雇用機会均等法が施行されて、県立高校から私立大学の英文科に進んだ。成績はいいほうで、卒論も担当教授に褒められたが、英語の教員として教壇に立ったり、企業の総合職として働くつもりはなかった。

「結婚して、夫を支えながら、温かい家庭をつくりたい」

悦子が自分の願望を自覚したのは、マスコミ志望の友人が間近にいたからだ。家庭に入るなどナンセンス、これからは女性も男性と肩を並べて働くべきだと話す友人のバイタリティーに感心しながらも、自分にはとても無理だと思ったことをよくおぼえている。

夫と結婚してほどなく懐妊し、おなかのこどもが女の子とわかったときはうれしかった。手作りした、かわいいワンピースを着せてあげたい。4～5歳になったら、娘と一緒にお菓子をつくり、日曜日の午後に家族3人でお茶をしたい。気が早いのはわかっていたが、悦子はやがて生まれてくる娘との楽しい日々を想像して胸をふくらませた。

そして、じっさい、葉子はかわいい女の子だった。やさしいうえにお利口で、幼稚園では男の子たちの人気の的だった。それが小学生になるとリーダーシップを発揮しだして、ママ友たちからは、将来有望だと、羨望《せんぼう》とも同情ともつかない評価を得るようになった。

悦子自身、葉子が自分とは異なる性質であることに気づいていた。正義感が強く、たくましい。周囲に流されず、自分の信じた道を行く。男の子だったら、心配ではあっても、頼もしく思ったはずだ。ただし葉子の運動神経は十人並みで、ピアノにも、バイオリンにも興味を示さなかった。そして、この子が好きな習い事はなんだろうと考えていた小学3年生のお正月に、葉子は将棋と出会ったのだ。

まだ口にはださないが、葉子は一生をかけて将棋の道を突き進みたいと思っているにちがいない。それはおそらく、会社で男性社員に伍《ご》して働くよりも、さらに過酷で困難な道になるはずだ。

「わたしは、あの子の力になってあげられるのだろうか？　葉子は遠からず、わたしの手の届かない存在になってしまうのではないだろうか？」

昼下がりの家で、悦子は不安と悲しみで胸がいっぱいになり、涙をこぼした。

年が明けて、成人の日を含む三連休の最終日に、葉子は武者修行に出ることになった。諏訪先生と交流がある八段の棋士が、港の見える丘公園のそばにある自宅で不定期に将棋を教えている。通称「港の見える道場」は将来有望な有段者しか招かれないとのことで、葉子は喜びながらも、自分の将棋が通用するかどうかを本気で心配していた。

「四段の子が多くて、五段の子もくるって。研修会に入っている子ばかりだっていうから、全力をだしきっても全敗するかもしれない。帰りはショックで口もきけないかもしれないけど、許してね」

　横浜駅に隣接したビルのレストランで、注文したパスタを待っているあいだに、葉子が言った。そこまで厳しい結果が見えているのに勝負をしに行くのかと、悦子はわが子の勇気に感激した。

　約束の午後1時に合わせてうかがった「港の見える道場」は洋館で、壁一面にツタのツルがはっていた。ただし、真冬なので葉はすっかり落ちている。お弟子さんらしい20歳くらいの女性に終了の目安は5時、なにかあったら携帯電話に連絡しますと言われて、悦子はひとり洋館をあとにした。しかし、娘が真剣勝負をくりひろげているのにショッピングを楽しむ気にはなれない。日吉まで帰って、また出てくるのも面倒だ。

　とりあえずむかった港の見える丘公園は、カップルや家族づれでにぎわっていた。

雲ひとつない快晴でも、アラフォーの身には北風がつらい。悦子は奮発しておしゃれなカフェに入った。新刊のミステリー小説を読もうと持ってきたのだが、葉子のことが気になって、まるで文字を追えなかった。

こどもがしているのがサッカーや野球なら、親は試合の展開に一喜一憂して、声が嗄《か》れるまで応援できる。ところが、将棋では声援も送れず、やきもきしながら時間をつぶしているしかないのだ。

建物の3階にあるカフェからは横浜港が一望できた。遊覧船や貨物船が白い波をひいて進み、海が少しずつ色を変えていく。すばらしい景観だが、葉子がボロ負けをして将棋に対する自信を失わないかが心配で、悦子は5分に一度はため息をついた。

少し早めの4時半に「港の見える道場」に戻ったが、葉子が出てくる気配はなかった。インターホンを鳴らすのもためらわれて、悦子は途中のコンビニで買ったカイロで手を温めながら洋館の前を行ったり来たりした。

スマホがふるえたのは4時50分だった。すぐに出ると、葉子の対局が長引いていて、5時20分ごろに迎えにきてくださいという。悦子はその場にすわり込みそうになった。

「1勝4敗でしたが、正々堂々とした、力強い将棋を指す娘さんです。女性にはめずらしい居飛車《いびしゃ》の本格派で、将来有望ですね。諏訪さんには、ぼくのほうから電話をしておきます。かれも喜ぶでしょう」

レンガ色のカーディガンを着た八段の棋士はうれしそうに話した。年齢は61歳ということだが、現役のプロだけあって精悍《せいかん》な顔をしている。

「今日はお兄さんたちにへこまされちゃったけど、いつかへこましてやるんだね。またいらっしゃい」

となりに立つ葉子が「はい」と答えて、「ありがとうございました」とお辞儀をした。

外はすっかり暗かった。街灯に照らされた寒い道を歩きながら、悦子はとなりを歩く娘に話しかけた。

「素敵な先生ね。おうちのなかはどんなだったの？　おかあさん、玄関までしか入っていないから」

悦子が聞いても、葉子は返事をしなかった。

「どうしたの？」

「疲れた」

見れば、葉子は歩くのさえつらそうだった。ちょうど通りかかったタクシーのシートにすわるなり、葉子は母親の肩にもたれかかってきた。これでは外で夕食をするのは無理だ。

「日吉駅の西口にむかってください」

悦子は運転手に番地とマンションの名前を伝えた。葉子は早くも寝息を立てている。

（すごいね、葉ちゃん。こんなにへとへとになるまでがんばれるなんて）

胸のうちで語りかけながら、悦子は娘の頭をそっとなぜた。

月曜日の朝がきても、葉子は疲れが残っているようだった。顔がむくんでいるので熱を測ると、36度9分ある。将棋を指すのが、どれほど体力を消耗することなのか、悦子は初めてわかった。

「無理しないで休んだら」

「5時間授業だし、体育もないから、だいじょうぶ」

悦子が止めるのもきかず、葉子はランドセルをせおって小学校にむかった。

掃除機をかけて、ベランダで洗濯物を干していると、夜勤明けの夫が帰ってきた。

悦子は手をとめて、1時間前に片づけたばかりのテーブルにひとりぶんの食事を並べた。

残りの洗濯物を干し終えてからテーブルにつき、悦子はきのう一日の出来事を詳しく話していった。

「将棋って、本当に大変よね。強くなればなったで、もっと強い相手と戦わなくちゃならないんだから」

「どんな仕事だって同じだけどね」

ボソッと答えて、夫はおいしそうにごはんを食べている。口数が少ないのと、食欲旺盛なところが気に入って結婚したのだが、娘の将来に関することだけに、夫の考えも聞きたかった。

「葉子はね、女の子にはめずらしい居飛車党なんですって。あなた、居飛車と振り飛車のちがいは、このまえ教えたわよね」

「聞いた気はするけど、おれは将棋の戦法はまるでわからないよ」

「それじゃあ、女流棋士はいても、女性棋士はひとりもいないことも忘れちゃったの」

どうせ聞き流していたのだろうと思ってたずねると、意外なことに、それはおぼえているという。

「相撲《すもう》界では、給金をもらえる十両以上を関取と呼ぶ。同じように、将棋界では一局ごとに対局料をもらえる四段以上を棋士と呼ぶ。プロ棋士は通称で、正式な名称ではない」

箸をおいた夫がすらすら答えたので、悦子は目を丸くした。

「棋士になるためには、日本将棋連盟の奨励会《しょうれいかい》に入らなければならない。年に一度、8月中旬におこなわれる試験を受けて、合格者が奨励会員となる。まれに5級で入会するものもいるが、ほとんどが6級で入会する。そこから対戦をくりかえして昇級・昇段したものを待ちかまえているのが、最後の難関・三段リーグだ。半年をひとつの期として、各々18戦を戦う。上位2名が四段に昇段し、晴れて棋士となる。奨励会には性別を問わず入会できるが、これまで奨励会に在籍した女性で四段になったひとはいない。つまり、女性棋士はひとりも誕生していない。しかし、それでは女性への将棋の普及が進まないため、日本将棋連盟は女流棋士というカテゴリーを新たに創設して、女流棋士たちによる棋戦をおこなうようになった」

よどみなく語り終えると、夫はグラスの水を飲んだ。内容は、1週間ほど前に悦子が話したことだが、夫の説明のほうがはるかにわかりやすかった。

「ぼくは、創造力は皆無だけど、記憶力はそこそこあるんだ。それに仕事がら、ややこしいことを噛《か》み砕いて説明するのには慣れていてね」

「おみそれしました」

悦子は茶目っ気たっぷりに頭をさげた。

夫によると、運行管理センターの担当者には、相手に応じたわかりやすい話しかたが求められる。人身事故や車両故障などのトラブルが発生した場合、素早く状況を把握するとともに、駅長や駅員、保線区の作業員といった鉄道会社の社員だけでなく、警察や消防、それにマスコミにも連絡をして、迅速に事態に対処しなければならないからだ。

「非常時こそ平常心というのが、われわれのモットーでね。でも、これが難しいんだ。通勤時間帯だと、列車の到着が2～3分遅れただけで、ホームにひとが溢《あふ》れてしまう。ましてや、30分も運行がストップしたら、何万人という利用客に迷惑がかかってしまうから、あせるなって言うほうが無理なんだ。大事なのは、あせらないことじゃなくて、あせりすぎないようにすること。お釈迦《しゃか》様じゃないんだから、ある程度あせるのはしかたがない。それがわかったおかげで、管理職になれたというわけさ」

結婚して15年になるが、夫が仕事に対する自負を語ったのは初めてだった。

夫は女流棋士をめぐる事情にも詳しかった。夜勤のときに、スマホで将棋関連の記事を読んでいるのだという。

「女流棋士に関して言えば」

興が乗っているらしく、夫はふたたび説明を始めた。

女流棋士は、女流棋戦のタイトル保持者でも、奨励会二段ないし三段程度の実力で、男性棋士とは大きな開きがある。じっさい、NHK杯テレビ将棋トーナメントでは女流棋士の枠がひとつしか設けられていないし、同トーナメントで男性棋士から勝利をあげた女流棋士は、2016年1月現在、中井《なかい》広恵《ひろえ》女流六段しかいない。

そもそも将棋を指す女性の数は、男性に比べて圧倒的に少ない。プロを目ざす女性はさらに少ないため、研修会のC1クラスに一定期間在籍できれば、女流2級の資格が与えられる規定となっている。研修会のC1クラスというと、アマ四段か五段の実力だ。それでも女流棋士という肩書を得られるため、なかなか棋士になれない男性の奨励会員たちからは羨望と蔑みがまざった目をむけられることになる。

その反面、女流棋士となっても対局数は限られており、タイトル保持者でも対局料だけでは生活が成り立たない。また、棋戦の中継や将棋のイベントでも、女流棋士はアシスタント的な役割を求められることが少なくない。

もちろん、女流棋士たちは現状に甘んじてはいない。棋力をあげるべく日々努力しているし、なかには奨励会で四段をめざして奮闘している女性もいるが、残念ながら女性棋士はひとりも誕生していない。

「どうだい、こんなところで」

夫の見事な説明を聞きながら、悦子は葉子が立ちむかおうとしている壁の大きさをまざまざと見せつけられた。葉子自身も、居飛車にこだわっているのは、ほとんどの女流棋士が振り飛車党であることへの反発からでもあるのだと言っていた。

振り飛車は序盤から主導権をにぎって攻められるし、終盤での逆転もあって、指すほうも、見るほうも、おもしろい将棋になる。一方、居飛車は序盤の駒組みが難しく、緻密な構想力と読みの深さが求められて、一手間違っただけで将棋が終わってしまうこともある。そのため、女流棋士たちは居飛車を敬遠しているようなのだが、それではいつまでたっても男性棋士に太刀打《たちう》ちできないというのが葉子の主張だった。

「男性と女性って、やっぱりちがうのね」

悦子は自分がありきたりなことを言っていると思ったが、それは正直な気持ちだった。

「たしかにそうとも言えるけど、同性のなかでだって、性格も能力もひとりひとりまるでちがうわけだからね。それに、男性でも女性でも、挑戦する気持ちを忘れたら、そこで人生が終わってしまうよ」

夫が挑戦しているものがなんなのか、悦子は知りたかった。しかし、自分がなにかに挑戦していないなら、それをたずねる資格はないと思い、口をつぐんだ。

「この先、きみはいろいろな目にあうと思う。わが子を励まし、支え、見守る親は、夢中で目標に挑むこどもとはちがった苦しみや悩みにおそわれるはずだからね。ほかの子の親から嫉《ねた》まれたり、恨まれたりすることだって……」

そこで夫が言いよどみ、悦子はその理由がすぐにわかった。

葉子が将棋をおぼえたのは小学3年生のお正月だから、2年と2週間前になる。1月2日に、調布《ちょうふ》にある夫の兄のお宅に年始の挨拶に行くと、葉子より2歳上の拓《たく》己《み》くんがフローリングの床で将棋をしていた。

「あら、すごい。拓己くん、将棋ができるのね。おばさんなんて、駒の種類も知らないわ」

悦子が感心すると、義姉がうれしそうに応じた。

「去年の4月から学習塾に行き始めたんだけど、そこの先生に将棋は思考力を鍛えるのに最適だってすすめられたの。そうしたら、勉強そっちのけで夢中になっちゃって」

夫の兄は一応将棋を指せるが、夏休みのあいだに息子に追い抜かれて、近ごろは相手にしてもらえないのだという。

「いま解いている詰め将棋も、おれなんかには歯が立たない、すごく難しいやつな

かしている。

父親に声をかけられても息子は返事をせず、折りたたみ式の将棋盤の上で駒を動かしている。

んだ。なあ、拓己」


「できた。5分で解けたら3級の問題、クリア！」

拓己くんが声をあげて、夫の兄夫婦はいかにも満足げに手を叩いた。

「2級や1級の問題だって、解けるんだよ」

拓己くんは得意になって言った。

「よし、拓己。お正月だし、久しぶりにおとうさんと指してくれよ」

夫の兄は、息子の腕前を自慢したくてしかたがないようだった。

「うん、いいよ」

拓己くんも、父親の意図を察して対局に応じた。

「葉子ちゃんは、むこうで茜《あかね》とクッキーをつくりましょうよ。生地はこねてあるから、伸ばして型を抜けばいいだけ」

義姉がさそってくれたが、葉子は将棋が気になるようだった。

「あら、葉子ちゃんも将棋が好きなのかしら。いとこだけあって、思いがけないところが似ているのかもしれないわね」

悦子もクッキーづくりに加わり、娘たちの相手をしながら義姉とおしゃべりをしたが、葉子はやはり将棋が気になってしかたがないようだった。

日が暮れる前にお暇《いとま》して親子3人になると、葉子は将棋をおぼえたいと言いだした。クラスの男子のあいだで将棋がはやっていて、葉子はかねてからおぼえたいと思っていたのだという。はやらせたのは担任の近藤《こんどう》先生だが、女子で将棋をやろうとする子がいないので、さすがの葉子もやりたいと言いだせずにいた。

「しかし、おとうさんは兄さんとちがって、将棋を知らないぞ。おかあさんにいたっては、駒の種類も知らないと言ってたじゃないか。それで、どうやって将棋をおぼえるんだ」

「本があるの。近藤先生が持ってきた、将棋のやりかたが書いてある本。盤と駒と、その本を買ってくれたら、あとは自分でおぼえるから。絶対に、すぐにあきたりしないから」

娘の熱意に負けて、悦子は夫を説得した。そして乗り換えの新宿《しんじゅく》駅で改札を出て、デパートのオモチャ売り場でビニールの盤とプラスチック製の駒を買い、書店で入門書も買うと、葉子はその日から将棋に夢中になった。そして、ほどなくクラスの男子を全員倒してしまい、近藤先生のすすめで諏訪先生が主宰している港北こども将棋教室に通うようになったのだった。

翌年は拓己くんが中学受験だということで、調布へは年始の挨拶に行かなかった。そして、今年のお正月に、2年ぶりに夫の兄の家にうかがうと、拓己くんは見ちがえるように成長していた。葉子と同じ歳《とし》の茜ちゃんも、すっかり女の子らしくなっている。二人に比べると、葉子にはきかん気なところが残っている。でも、そこが葉子のいいところなのだと、悦子は自分に言い聞かせた。

拓己くんは進学した私立の中高一貫校で将棋部に入り、1年生のなかでは強いほうなのだという。

「合格祝いに、高い盤と駒を買わされてさ」

夫の兄はぼやきながらも、まんざらではないようだった。案内された居間のテーブルには、脚のない将棋盤にいかにも高そうな駒が並べられていた。

「そういえば、2年前のお正月、葉子ちゃんは将棋が気になって、クッキーをつくるどころじゃなかったのよね」

母親のことばを受けて、拓己くんが葉子に話しかけた。

「将棋をおぼえたいなら、教えようか?」

悦子は葉子に目配《めくば》せしようとしたが、すでにおそかった。

「わたし、あの日の帰りにデパートで盤と駒を買ってもらって、ずっと将棋を指してるんだよ。将棋教室にも通ってる。拓己さんは、いま何段? わたしは、12月に三段になったばかり」

そう言って、葉子はにっこり笑った。微塵《みじん》の悪意もないだけに、義姉と拓己くんは完全に固まっている。

「2年足らずで三段とは、すごいじゃないか。葉子ちゃんは、いま小学5年生だろ。このままいけば、女流棋士も夢じゃないんじゃないの。拓己もがんばっているんだけど、なかなか初段になれなくてね」

夫の兄はつとめて明るく言ったが、面目をつぶされた拓己くんは無言で居間から出ていった。階段をのぼる足音に続いて、ドアを乱暴に閉める音が聞こえた。

「お義兄《にい》さん、お義姉《ねえ》さん、申しわけありません。葉子もあやまりなさい」

悦子はあわてて頭をさげた。しかし、それがかえって義姉のプライドを傷つけた。

「なにをあやまるの？　葉子ちゃんに将棋の才能あるなら、それはそれですばらしいことじゃない」

「おい、そういう言いかたをするんじゃない」

夫の兄が注意したが、義姉は顔をそむけると、息子のあとを追って2階にあがってしまった。

「こっちこそ、申しわけない。拓己だって、けっしてデキが悪いわけじゃないんだが、うちのやつの兄さんと姉さんのこどもたちがやたらと優秀でね……」

とても団らんをする雰囲気でなくなってしまい、悦子たちは早々に引き揚げた。

「ごめんなさい。拓己さんは、わたしより二つも上だし、偏差値が高い有名な私立中学に行ってるって聞いてたから。それに、盤も駒もすごくいいものだったから、てっきり……」

すっかりしょげてしまった葉子を夫がなぐさめた。

「気にすることはない。ただ、間が悪かったんだ。葉子は葉子で、上を目ざしてどんどん強くなりなさい」

そう言うと、夫はポンと手を叩いた。

「いい機会だから、新しい盤と駒を買ったらどうだ。ビニールの盤とプラスチックの駒は、アマ三段には似合わないよ」

葉子はいまのままでいいと遠慮したが、父親に押されて新しい盤と駒を買ってもらうことになった。ただし、値が張るものなので、よくよく選んで買おうということになり、その日は渋谷《しぶや》に出て、家族3人で食事をしたのだった。

つい2週間前の出来事だけに、義姉の尖《とが》った声がまざまざとよみがえった。夫を見ると、こちらもやりきれない顔をしている。その後、夫のところにも、お兄さんから連絡はないという。義姉とは最初に会ったときからウマが合わない気がしていたが、こんなことで付き合いが途絶えてしまうのはあまりにさみしかった。旭川《あさひかわ》にいる夫の両親にも申しわけが立たない。

「だいじょうぶだよ。月日が経《た》てば、笑いばなしさ」

本当にそうだろうかと悦子はいぶかった。しかし、悩んだところで解決することでもない。

「ぼくらが第一に考えるべきなのは、葉子のしあわせだよ。将棋を一生続けていくのか、それともどこかで才能が尽きて将棋をやめることになるのか、それは神のみぞ知るだ。そして、葉子がどんな人生をおくることになろうと、あの子がわれわれ夫婦にとって大切なひとり娘であることにかわりはない」

かつてなく熱く語る夫に悦子は深い信頼を抱いた。食事を終えると夫は寝室にむかった。

午前10時で、いまではすっかり慣れたが、結婚したばかりのころは、こんな昼間に夫が帰宅することをご近所からどう思われているのかが気になったものだった。それと同じように、娘が将棋に打ち込んでいることにも、きっと慣れてゆけるはずだ。

「そうよね。たとえ将棋の名人になったとしても、葉子はわたしの娘」

悦子は、夫のことばをなぞって自分に言い聞かせた。そして、そのとおりだと思いはしても、不安は完全には拭えなかった。これが料理や裁縫なら、葉子がどれほどの才能を発揮しても、なにがどうすばらしいのかわかるだろう。しかし、将棋の戦法や、一手一手の意味について、悦子はまるでわからないままだった。

「ごめんね、葉ちゃん。おかあさん、やっぱり、少しさみしいの」

小声で言うと、悦子はテーブルを片づけて買い物に出かけた。

午後3時半に帰宅した葉子は元気を取り戻していた。家族3人でお茶をしながら、悦子はスマホのつかいかたでわからないことを夫に聞いた。葉子もタブレットを持ってきて、将棋のライブ中継を見せてくれた。

いろいろ操作してあそんでいるうちに、悦子のスマホが鳴りだした。

「あら、諏訪先生からよ」

悦子がきのうのお礼を言うと、葉子のことでおりいって話があるという。

「夫がおりますので、代わりましょうか？」

「いやいや、お会いしたことがありませんし、おかあさんのほうが事情をおわかりでしょうから」

夫も顔の前で手を合わせているので、悦子がそのまま話を聞いた。

「葉子さんですがね、八段の棋士から見ても明らかに才能があるそうです。うちの教室では三段ですが、四段の力は十分あるとのことですので、来月研修会の試験を受けて、入会しませんか」

研修会の入会試験は1日4局の対局を2回行い、合計8局の成績で振り分けられるクラスが決まる。葉子なら研修会でも十分にやっていけるし、女流棋士の資格はまちがいなく得られる。いずれは女流タイトルもねらえるだろう。今後の成長しだいでは、奨励会試験を受けて、初の女性棋士を目ざすという道も考えられる。

「ひとり娘さんということで、ご心配な点もあろうかと思いますが、どうか前むきにご検討ください」

丁寧なことばづかいながらも、諏訪先生の声ははずんでいた。

「わたし、研修会に入りたい」

電話の内容を伝えると、葉子は迷いなく答えた。

「研修会の入会金に月謝、それに月に2回、日吉から千駄ヶ谷《せんだがや》まで往復する交通費もかかるから、新しい盤と駒はいりません」

「だいじょうぶだよ。うちにこどもはひとりだし、おとうさんもちゃんと働いているんだから。それに、おかあさんはやりくり上手だしね」

夫がいたずらっぽく笑った。つられて葉子も笑っている。悦子はけっして浪費家ではなかったが、細かいことにこだわらない性格で、家計簿をつけるのが大の苦手だったからだ。

「おとうさん、おかあさん。いろいろ心配をかけると思いますが、これから先も、わたしに将棋をさせてください」

わが子の決意を聞いて、悦子は胸がふるえた。

「がんばりなさい。おとうさんも、おかあさんも、精一杯応援するから」

「ありがとうございます。棋士を目ざして、がんばります」

深々と頭をさげる娘の姿に、悦子は涙をこらえかねた。

葉子は2月の第2日曜日に研修会の入会試験を受けた。場所は、千駄ヶ谷にある将棋会館。午前9時から受付ということで、悦子と葉子は余裕をもって7時に家を出た。研修会員と午前中に2局、午後にも2局指して、葉子は3勝1敗の好成績をあげた。2週間後の第4日曜日にも4局を指し、こちらも3勝1敗だった。合計6勝2敗で、葉子はD1クラスでの入会となった。

説明会を終えて将棋会館を出たのは午後5時で、日吉駅前で買い物をして、午後7時すぎに家に帰り着いたときには、母娘《ははこ》ともへとへとだった。

葉子は、つぎからはひとりで将棋会館に行くと言った。たしかに最寄りの北参道《きたさんどう》駅には日吉駅から電車一本で行けるが、小学5年生の女の子がひとりで都内に行くのはやはり危ない。

　葉子が研修会の入会試験を受けた2日とも、悦子はずっと将棋会館の1階にあるソファーにすわっていた。たくさんのひとが通って落ち着かないし、さすがに時間を持て余した。

　そこで、次回からは将棋会館の近くにある喫茶店で英語の勉強をすることにした。結婚後も英字新聞を読んだり、BSの海外ニュースを英語で聞いたりしてきたので、すぐに勘を取り戻せるはずだ。将棋はヨーロッパを中心に海外でも人気が高いそうだから、いつか英語が役に立つかもしれない。

　喫茶店の椅子にすわっているのに疲れると、悦子はスマホの地図を頼りに千駄ヶ谷界隈《かいわい》を散策した。鳩森八幡神社に東京体育館、足を伸ばせば新宿御苑《ぎょえん》や原宿《はらじゅく》の竹《たけ》下《した》通りにまで行けることがわかり、今後の楽しみが増えた。帰ってから夫に話すと、暖かくなったら、一度研修会の日に合わせて休みをとると言ってくれた。

「ひょっとして、おとうさんとおかあさんがデートするの？　わたし、気になって、その日は対局に集中できないかもしれない」

「そんなふうに親をからかえるところを見ると、研修会でもしっかり指せてるみたいだね」

父親のことばに葉子は肩をすくめた。

「今日も3勝1敗だったけど、どの対局も紙一重。将棋って、自分が優位な局面から勝ちきるのが、ものすごく大変なの。ミスをしたら、いっぺんに逆転されて、これまで指してきたことが全部無駄になっちゃうわけだから。研修会では、とくにそう。相手の玉《ぎょく》を詰ませるまで、全神経を張りつめていないと、絶対に勝てない」

「みんな、将棋で生きていこうとしているんだから、まさに命がけだ」

「本当にそう。でも、わたしは勝って勝って、勝ちまくってやる」

わが子がみなぎらせる迫力に、悦子はたじろいだ。

宣言どおりに勝ち星を積み重ねて、葉子は小学6年生の4月にC2クラスにあがり、6月にはC1クラスにあがった。ただし、奨励会試験に挑むのは来年にした。諏訪先生の見立てでは、いまでも合格する力はあるが、奨励会で勝ち抜くためには、もう1年研修会で揉《も》まれて、ゆるぎない力をつけたほうがいいとのことだった。

夏休みのあいだ、葉子は3日に一度、蒲田《かまた》にある将棋クラブに通った。研修会員や奨励会員、それにプロ棋士たちも訪れる、日本一レベルが高いとされている場所だ。日吉からは電車で30分だが、繁華街の一角にあるビルの一室なので、とても女の子ひとりでは行かせられない。

英語を勉強する時間が増えて、悦子はペーパーバックのミステリー小説をすらすら読めるようになった。月に一度か二度は、「港の見える道場」にもつきそっていき、夕方までの時間にウインドウショッピングを楽しむ余裕もできた。

小学6年生の11月、葉子はB2クラスに昇級した。中学1年生の5月にはB1クラスにあがった。すでに女流棋士になる資格を獲得していたが、葉子は迷わず奨励会試験の受験を申し込んだ。

世間は空前の将棋ブームに湧いていた。葉子よりひとつ年上の藤井《ふじい》聡太《そうた》四段が史上最年少の中学生棋士としてデビューして、連勝を重ねていたからだ。

奨励会試験の初日を、葉子は4戦全勝で突破した。そのことを悦子が電話で報告すると、諏訪先生は気が早いことを言った。

「いずれ葉子ちゃんも、史上初の女性棋士として注目を集めて、マスコミの取材が殺到するようになりますよ」

「でも、まずは、あしたの奨励会員の方々との対局に勝ち越しませんと」

悦子は葉子と並んで北参道駅にむかう道を歩いていた。歩きスマホはいけないことになっているが、あしたにそなえて、少しでも早く日吉に帰って葉子を休ませたかった。

「だいじょうぶですよ。葉子ちゃんは、あす当たる奨励会員よりも強い相手と対戦してきているんですから。それもこれも、おかあさんのご助力があってのことです。気が早いのを承知で言いますが、奨励会試験に合格した晩には、ぜひ慰労会をひらかせてください」

「ありがとうございます。でも、がんばっているのは葉子で、わたしはただつきそっているだけですので」

それはうそ偽りのない気持ちだった。「将棋世界」や「NHK将棋講座」テキストに載っている棋士の自戦記には、「この一手を指された瞬間、本当に息ができなくなって気を失いかけた」とか、「自分の読みが正しいかどうかがわからなくなり、30分間考えたところでトイレに駆け込んで胃液を吐いた」といった生々しい証言が記されていた。将棋を一局も指したことがなく、駒にすらさわったことのない自分には、娘の苦しみなど想像しようがないと悦子は常日頃から思っていた。

「ただつきそっているだけとおっしゃいましたが、それがすばらしいんです。おかあさんのなかには、わが子の活躍を自分の手柄のように自慢げに語るひともいましてね。そうそう、さっきのマスコミの件ですが、日の丸ポストの二本松《にほんまつ》という記者が、一度葉子ちゃんに話を聞きたいと言っていまして……」

「先生、申しわけありませんが、そろそろ地下鉄の駅が近づいてきましたので」

悦子は通話を終えると、スマホをマナーモードにした。葉子は疲れているようで、諏訪先生がなにを言ったのかをたずねてこなかった。

（だって、わたしは本当にただつきそっているだけなんだもの。将棋界について、多少詳しくはなったけれど、将棋を指したことはないんだから）

エスカレーターで地下のホームにむかってくだりながら、悦子は頭のなかでつぶやいた。すると、ちょうど3年前におこなわれた、港北こども将棋教室の大会のことを思いだした。

（あのとき、丁寧にお辞儀をした葉ちゃんを見て、負けたと勘違いしたのよね）

悦子はおかしくなって吹きだした。

「どうしたの？」

葉子に聞かれて、悦子は首を横に振った。

「なんでもないの。今日はゆっくり休んで、あしたまたがんばってね」

「うん。まかせといて。誰が相手でも、互角の将棋にはしてみせるから」

頼もしいことを言った葉子は、電車の座席にすわると、母親にもたれかかってきた。中学生になってから身長が伸びたし、からだつきも女性らしくなってきたが、まだしばらくは親の支えが必要なのだ。

葉子が小学5年生の冬に三段になったあと、悦子は娘が自分の手の届かないところに行ってしまうのではないかと不安になった。将棋に没頭している娘にしてあげられることがなくなってしまうのではないかと思い、悲しくなった。しかし、そんなことはなかった。夫が言っていたように、葉子がどんな人生を歩もうと、自分たち夫婦の娘であることにかわりはないのだ。

（いい子ね、本当にいい子）

悦子は母親であることのしあわせを全身で感じながら、わが子の重みを受けとめていた。

第五話　光速の寄せ

「ぼくは棋士を目ざしています。棋士というのは、将棋のプロのことです」

富樫克信《とがしかつのぶ》は固唾《かたず》を飲んで本村由紀子《もとむらゆきこ》の顔を見守った。同じ駅から電車に乗る彼女と挨拶《あいさつ》を交わすようになって3ヵ月になるが、自分のことを話すのは初めてだった。それどころか二人で喫茶店に入るのも初めてだし、彼女の名前や自分と同じ1993年生まれの23歳であることも5分ほど前に知ったばかりだ。

「将棋のプロというのは、つまり羽生善治《はぶよしはる》さんや、最近話題の藤井聡太《ふじいそうた》君のような？」

由紀子の問いかけに、克信は大きくうなずいた。藤井聡太新四段はともかく、羽生先生を知っているのが果てしなくうれしい。羽生先生が七大タイトルを独占したのは1996年2月14日だから、7月生まれの克信はまだ3歳の誕生日を迎えていなかった。当然、リアルタイムの記憶はないが、5歳で将棋を始めるのとほぼ同時に「羽生善治」の名前と顔をおぼえた。

克信が一番好きな棋士は、谷川浩司《たにがわこうじ》九段だ。「光速流」もしくは「光速の寄せ」と呼ばれる棋風の本領は、相手玉《ぎょく》を寄せる桁違いのスピードよりも、詰み形の美しさにあると、克信は思っていた。もちろん、この場でそんな専門的な話をするほど空気を読めなくはない。

「由紀子さんは、将棋を指したことはありますか？　まわり将棋や山崩しではなく、いわゆる本将棋を」

克信の質問に、ショートカットの女性は申しわけなさそうに首を振った。

「いいんです。それが普通ですから。ぼくは現在、奨励会《しょうれいかい》の三段リーグに所属しています。6ヵ月をひとつの期として、同じ三段リーグの相手と18戦を戦い、上位2名が四段に昇段して、プロになれるんです。藤井聡太君は三段リーグをたった1期で抜けてしまいましたが、ぼくは現在7期目です。前期、つまり第59回の三段リーグで、藤井君との対戦は組まれませんでした。三段リーグの成績は、日本将棋連盟のホームページに掲載されていて、誰でも見ることができます」

一度も将棋を指したことのない女性にこんなことを説明してもわかるはずがない

と不安に思いながら、克信はブレンドコーヒーをひとくち飲んだ。土曜日の午前9時でも、駅前にあるチェーンの喫茶店にはお客がそこそこいた。

克信は、きのうおこなわれたA級順位戦で記録係をつとめた。4年前に三段になってからは記録係をしていなかったが、気分転換になればと思い、肉体的にも精神的にも負担が大きい役目をみずから買って出たのだ。

両対局者とも6時間の持ち時間をつかいきり、一手1分以内の秒読みで50手以上を指した熱戦が決着したのは、日付が変わった深夜2時過ぎだった。さらに30分ほど局後の感想戦をして、両対局者と取材にきていた新聞記者たちはタクシーで帰っていった。タクシー代を節約したい克信は、守衛さんに頼んで4階の桂の間で休ませてもらった。初段、二段のころは、順位戦の記録係をつとめるたびに桂の間に泊まっていたので、こうなることは覚悟していた。

スマホのアラームで午前7時に目を覚ました克信はトイレの洗面台で顔を洗い、歯を磨いた。北参道《きたさんどう》駅までぶらぶら歩き、副都心線に乗った。土曜日の朝の電車はまるきり空いていた。

居眠りをして乗り過ごさないように、克信はきのうの対局を頭のなかで並べなおした。先手の角交換四間飛車《しけんびしゃ》に後手が銀冠《ぎんかんむり》で対抗するという将棋は何局か指したことがあったので、大いに学ぶところがあった。どの業界でもそうだろうが、トップをゆく者たちこそが最も果敢にして柔軟性もあるということを再認識できた。

この1年間、克信は停滞していた。2期連続で三段リーグ5位なら、いずれは四段になれるという甘い考えがなかったわけではない。それよりも厄介なのは、以前ほど勝利に飢えていないことだった。週が明ければ10月で、今期の第1戦が控えているというのに、克信は対戦相手の研究もしていなかった。世間は、史上最年少の中学生棋士・藤井聡太四段の話題で持ち切りで、羽生フィーバー以来の将棋ブームが沸き起ころうとしていたが、克信にはどこ吹く風だった。

（どうしたら闘志が湧くのだろう？）

ふと視線を感じて目をむけると、同じ駅を利用している同年代の女性がむかいのシートにすわっている。ホームや車内で顔を見かけると、どちらからともなく会釈をしていたが、話したことはないので、名前も年齢もわからない。こんな時間に都心から戻る電車のなかで会うのは初めてだ。ぺこりと頭をさげられて、克信もほんの少し頭をさげた。

「朝早くから、なにを考えてたんですか?」

立ちあがった女性が脇においていたトートバッグを持ってこちら側のシートに移ってきて、ひとり分を空けて克信の右側にすわった。この状況で無視するのはあまりに失礼なので、顔をそちらにむける。ショートカットの女性は白い丸首シャツにGジャンとジーンズという服装で、顔はスッピンだ。二重瞼《ふたえまぶた》の目は大きいが、鼻はそれほど高くない。二人が利用しているのは、3つ先の志木《しき》駅だ。

会釈をするようになったのは、彼女が網棚に載せていたトートバッグを克信が取ってあげたのがきっかけだった。午後7時過ぎの満員電車で、ひとに押されているうちにバッグのそばから離れてしまったらしく、「すみません、つぎで降りるんです」と言いながら、彼女が懸命に手を伸ばしている。

「ぼくが取りましょう」

身長179センチの克信は長い腕を伸ばしてトートバッグの持ち手をつかんだ。ずしりと重いカバンには、ノートや本がびっしり詰まっている。丁度そのとき、電車が減速を始めて、克信は空いていた左手で網棚のバーをつかんだ。

「ぼくも志木で降りますから」

彼女のほうを見ずに言うと、「ありがとうございます」と返事があった。

ほどなく電車が止まり、克信は重たいトートバッグを持ってホームに降りた。

「はい、どうぞ」

「本当にありがとうございました」

もう二言三言話すべきところだが、あいにくエスカレーターのすぐそばだったため、克信は人波と共に上へ上へと昇っていった。そして、さらなるお礼を言ってもらうために彼女を待つのも図々しい気がして、そのまま改札口を出てしまったのである。

その後は、週に一度くらい、ホームや車内で彼女を見かけた。しかし、たった一度の親切で親し気にふるまうのも気が引けて、会釈をするのにとどめてきたのだった。

「お仕事の帰りですか?」

右どなりにすわる彼女が聞いてきた。

「仕事ではなく、バイトの帰りです。深夜2時過ぎまで働いて、もう電車がなかったので……」

「それなら、わたしも同じです」と明るい声で返事があった。「大学生ですか?」

妥当な質問だったが、克信は動揺して返事ができなかった。高校時代、系列の私立大学に推薦入学するだけの学力はあり、担任から進学をすすめられたのも今は昔だ。背水の陣を敷いてプロを目ざしてきたものの、26歳の誕生日を含むリーグ終了までに四段になれなければ、高卒という肩書で世の中に出ていかなければならない。残されたチャンスは6期。重々わかっていたはずの事実が、同年代の女性を前にして、いつにないリアルさで迫ってくる。

「ごめんなさい、質問ばかりして。わたしは就職浪人中なんです」

そのことばを聞いたとたん、克信は気が楽になった。

「教員を目ざしているんですけど、去年は採用試験に受からなくて」

「そうでしたか、それは残念でしたね」

同情しながらも、彼女が自分の同類であることがわかり、克信は顔がほころんだ。

「あら、なんだかうれしそうですね」

すかさず見抜かれたが、「朝ごはんは食べましたか?」と聞かれて、「まだです」と克信は反射的に答えた。

「わたしもまだなんです」と、またしても明るい声が返ってきた。

そうした流れで、二人は駅前の喫茶店に入ったのだった。パニーニセット二つの代金は克信がまとめて払った。

「あの、自分の分はだしますから」と席に着いたところで言われたが、克信は顔の前で右手を振って断った。

「それじゃあ、そのお礼ということにして、わたしから自己紹介をしますね。名前は、本村由紀子。年齢は……と続けたいところですが、まずは食べませんか？」

由紀子の言いかたがおかしかったので克信は思わず笑ってしまった。中高一貫の男子校で、しかも将棋に没頭していたため女の子と話して笑ったのは小学校のとき以来だ。

「ええ、そうしましょう。腹が減っては戦ができぬだ」

意味不明なひとことだった気がしたが、由紀子は聞き流して、おいしそうにパニーニを頬張っている。先に食べ終わったのも由紀子のほうで、約束どおり自己紹介の続きをしてくれた。

本村由紀子は小学校教師を志望しているが、現在は新宿《しんじゅく》区歌舞《かぶ》伎町《きちょう》にある24時間開園の認可外保育園を手伝っている。今年の3月に埼玉大学の教育学部を卒業して、教員免許も取得した。昨年度の試験では採用に至らなかったが、10月中旬には今年度の教員採用試験の発表がある。家は、志木駅南口から自転車で10分ほどの一戸建てで、両親と弟の4人家族とのことだった。

「ぼくは富樫克信といいます。深谷《ふかや》市の出身で、東口から自転車で20分くらいのおんぼろアパートで独り暮らしです。四つ上の兄がいます」

そのあと克信は自分が棋士の卵だということをどうにか伝えたのだった。

「ということは、つまり、電車のなかではいつも将棋のことを考えていたんですね」

由紀子が初めて克信のことを意識したのは、網棚の一件より2ヵ月ほど前の今年の5月だという。午前8時ごろの電車に乗り、ドアに寄りかかって教育雑誌を読んでいると、すぐ近くでつり革につかまって立つ克信の顔に目が引き寄せられた。

「半分くらいのひとたちはスマホを見ていて、文庫本や新聞を読んでいるひとも少しはいて、あとのひとは目をつむっているか、ぼんやりしているでしょ。でも……」と言ったところで、由紀子は克信と目を合わせた。

「克信さんって呼んでもいいですか？」

ひそめた声で聞かれて、克信は胸がドキドキした。

「それとも、富樫さんのほうが？」

「おまかせします」

小声で答えながら、克信は顔が熱かった。

「いきなりファーストネームはさすがに図々しい気がするので、富樫さんにしておきますね」

そう断ってから、由紀子は、このひとはなにを考えているのだろうとふしぎに思ったのだとうちあけた。

「こう見えても教師の卵なんで、表情を見れば、その子がどのくらい授業内容を理解しているのか、瞬時にわかるんです。あと、悩みがあるかどうかも」

それは若者や大人に対しても同じで、由紀子は電車内で乗客を観察するのが趣味なのだという。

「失礼ですけど、あのときの富樫さんみたいな表情は見たことがなかったんです。ものすごく集中しているのに、ほぼ放心状態でもある。問題数の多いテストを猛スピードで解きながら、同時に窓の外をぼんやり眺めているみたいな感じで、一体全体このひとの頭のなかはどうなっているんだろうって、すごくふしぎに思ったんです」

　言い得て妙だと、克信は由紀子の観察眼と表現力に感心した。

「それからは、ホームで富樫さんを見かけると、同じ車両に乗って、いつか目が合わないかとず～っと顔を見てきたんですよ。でも、網棚のトートバッグを取ってもらったのは、まったくの偶然で、あのときは車内がすごく混んでいたし、それに疲れていたせいで、富樫さんがすぐそばにいるとは気づいていなかったんです。だから、わたし的には、『きゃー、ついに運命の瞬間が訪れたわ！』って感じだったのに、トートバッグをわたしたら、さっさとエスカレーターをあがって行っちゃって。そのあとも、会釈はしてくれるようになったけど、すぐに謎の放心状態に入っちゃうでしょ」

（このひとは賢いし、勘がいい。まじめな話をしても、茶化さずに聞いてくれるにちがいない）

　すでにパニーニを食べ終わっていた克信は勇気をふるって話しだした。

「将棋は、対局ごとに持ち時間が異なっています。最短だと、持ち時間はゼロで、一手10秒以内で指すため、素早く手を動かさないと時間切れで負けになってしまう。最長は名人戦で、各々9時間ずつ。一日ではつかいきらないから、二日にまたがっての対局になります。そして、持ち時間がどのくらいかによって、将棋はまったく別のゲームになるんです。具体的に言えば、つぎの手をどう指すのかで、その後の展開が大きく変わってくるという局面がきたときに、持ち時間が5時間の将棋なら、一手に30分近くつかって考えるのはふつうにあることです。でも、持ち時間が30分しかない将棋では、もっと深く考えたいけれど考え尽くせないなかで決断していくしかありません」

そこで克信はコーヒーに口をつけた。間をおけば、そのあいだに由紀子が頭のなかでいまの話を整理できると思ったからだ。

「ここは腰をすえて考えようと決めたとき、ぼくは頭のなかを二つに分けます。それが右脳と左脳なのか、前頭葉と側頭葉なのかはわかりませんが、片方では理詰めで合理的に考える。この手を差せばこうなる、この手を差せばこうなると、幾多の前例を参考にしながら最善の手はなにかを考えていく。その一方で、まったく思いもよらない手を探すんです。まったく思いもよらない手ですから、理詰めで考えても思いつくはずがない。そこで、頭の一部をわざとぼんやりさせて、漠然とした状態にしてやるんです。そして、そのぼやけたほうの頭で、思いもよらない妙手はないだろうかとぼんやり考える。由紀子さんが初めてぼくに気づいたとき、ぼくはそんなふうに頭のなかを二つに分けて、ある局面について考えていたんだと思います」

「ものすごくおもしろい話ですね」

由紀子がさも感心したという表情でうなずいた。克信は勇気を得て、さらに話した。

「いつでも頭のなかを二つに分けられるわけじゃないし、分けられた頭がこちらの思いどおりに働いてくれるわけでもない。でも、たまに、その二つに分けた頭で、自分でも驚くような手を思いつくことがあるんです。そういうときは、ものすごくうれしい。自分が、将棋という汲《く》みつくせない可能性を秘めたゲームに愛されている気がして」

そこまで話すと、克信は自分が抱えている不満がはっきりわかった。奨励会に入会したのは小学5年生の秋で、以来順調に昇級・昇段してきた。いずれトップ棋士の仲間入りをする逸材だと、将棋雑誌で取りあげられたこともある。イケメンの部類に入るらしく、しかも長身なので、まだ棋士ではないのに、将棋のイベントでは毎回のように女性ファンからサインや握手を求められた。ラブレターをわたされたことも数回ある。しかし、「地獄」とも呼ばれる三段リーグでしのぎを削っている最中であり、正直に言えば、恋人どころではなかった。

三段リーグの対局は90分の持ち時間で、一日に2局を指す。しかし克信はもっと長い持ち時間がある対局で、トコトン考え抜いた手を指したかった。

奨励会三段の実力者でも、相手のミスを誘おうとして、最終盤に局面を混乱させるだけの手を指してくる者は何人もいた。また、せっかくおもしろい将棋になったのに、持ち時間が足りないばかりに、荒っぽい将棋にせざるを得ないこともあった。プロにも早指しの棋戦はあるが、順位戦をはじめとする七大タイトルの予選は持ち時間がたっぷりある。

(早くプロになりたい。そして、一局一局に全力をふりしぼりたい。よし、なにがなんでも今期で四段になってやる!)

克信は頭のなかで宣言した。

「ありがとう。あなたと話せたおかげでスランプから抜けだせそうだ」

胸のつかえが取れて、克信はホッと息をついた。すると、おさえていた疲れが溢れ出て、猛烈に眠くなってきた。

「今日は、本当にありがとうございました」

お礼を言って立ちあがろうとした克信の手を由紀子が押さえた。

「また会いたいので、メールアドレスを交換してください」

小声だが、強い語気に、克信は縮こまった。由紀子の表情には、こんなことを女性に言わせるんじゃないわよという憤りが見て取れた。


9月の終わりにメールアドレスを交換したあと、由紀子からは一度もメールが来なかった。ホームや電車のなかでも見かけないので、教員採用試験に落ちて傷心しているのではないかと、克信は心配になった。それとも体調を崩しているのだろうか。いずれの場合でも連絡するのは悪い気がして、メールを送るのはためらわれた。

一方、将棋は絶好調だった。2連勝を3度続けて、6連勝で三段リーグのトップに立っていた。同じく6連勝は、関西所属の大辻弓彦《おおつじゆみひこ》君のみ。大辻君は今期三段リーグに加わってきた新鋭だ。正月明けに対局が組まれていて、こちらが大阪に乗り込む。意地でも倒して、トップの成績で四段になってみせる。

〈将棋、調子がいいみたいですね。時間があれば、またおしゃべりをしませんか。〉

由紀子からのメールが届いたのは、11月の半ばだった。その日のうちに何度かメールのやりとりをして、翌週の昼間に新宿御苑《しんじゅくぎょえん》に行くことにしたのは、二人とも近場で活動しているのに一度も行ったことがないのがわかったからだ。

約束の午前10時に志木駅のホームで待っていると、細身のデニムにレモン色のダウンジャケット、白いウォーキングシューズをはいた由紀子がやってきた。今日はうっすらメイクをしていて、克信は胸がときめいた。

地下鉄を乗り継ぎ、40分ほどで、二人は新宿御苑の最寄《もよ》り駅に到着した。紅葉の盛りで、天気も良く、平日なのに券売機には列ができていた。保育園なのか、幼稚園なのか、たくさんの幼児が先生につれられて遠足に来ていて、外国人観光客も多い。それでも大きな樹々が生い茂る公園は広々としていて、まさに別天地だった。

由紀子は電車のなかと同じく御苑でも無口で、克信は教員採用試験の結果が悪かったのかと心配になった。しかたなく、数年前に地方開催のタイトル戦に記録係として同行したときの話をしたが、由紀子の反応は鈍かった。

由紀子のことも気がかりだったが、それ以上に心配なのはお昼をどこで食べるのかだ。スマホで調べれば、食べログをはじめとするサイトにいくらでもお店が紹介されていることは、世事にうとい克信も知っていた。しかし、生まれて初めてのデートなのだから、運試しではないが、由紀子と街を歩きながら、偶然見かけたなかで気に入った店に入るのはどうだろう。先日の会話から、由紀子の臨機応変な応対に感心していたので、こちらが一から十まで決めるより、行き当たりばったりのデートのほうが楽しいのではないかと思ったのだ。

ところが、御苑を出たあとも、由紀子は黙ったままだった。温厚な克信も、いったいどういうつもりでデートを催促するようなメールを送ってきたのかと腹が立ってきた。

そんなとき、小ぎれいなイタリアンレストランを発見した。落ち着いた外観の店で、ボードに書かれているランチコースの値段も手ごろだった。こちらに気づいて出てきたウエイターによると、ひとつだけテーブルが空いているとのことで、こうなったらここに入るしかない。

ランチコースの前菜とデザートは決まっていて、パスタとメイン料理を選んで注文する。由紀子はさっきまでの無口がうそのように、テキパキ料理を選んだ。

「ハウスワインはいかがですか?」

ウエイターに聞かれて、「せっかくですから、いただきましょう」と克信は応じた。

目をむけると、由紀子がうれしそうにうなずいた。

「それじゃあ、白をふたつ」

一度は言ってみたいことばだったので、克信はうれしさで顔がほころんだ。

やがて前菜のテリーヌ2種とグリーンサラダ、それに白ワインがつがれたグラスがテーブルに置かれた。

「ごめんなさい。ずっと不機嫌にしていて」

そう謝ったあと、由紀子は口を結んで小さく頭をさげた。

「順番に話します。勝手だけど、その前に乾杯しましょう。このあいだは朝食だったから、初めての昼食に」

合わされたグラスはきれいな音を立てた。由紀子は前菜に続けて運ばれてきた牛モツのトマト煮込みのパスタをおいしそうに食べては、ワイングラスを口に運んだ。そして、ほんのり赤くなった顔で浮かれたようにしゃべりだした。

「わたしはね、こう見えても成績は良いほうだったんです。ゼミの指導教授も太鼓判を押してくれていたのに、昨年度の教員採用試験に受からなかった。どうしてだか、わかります?」

わかるわけがないし、下手《へた》なことを言ったら怒られそうで、克信は無言で首を横に振った。

「答えは、盲腸炎になったから。二つちがいの弟には、漫画やテレビドラマじゃないんだから、そういうベタな展開はやめろよってからかわれて、悔しいったらありゃしない」

去年の8月、教員採用試験の前夜に、由紀子は猛烈な腹痛におそわれた。救急車で運ばれた病院で、薬で散らす方法もあるが、重篤なので手術は不可避と医師に告げられた。翌日の午後に執刀された手術は成功したものの、もちろん試験会場には行けなかった。しかし、根が楽天的な由紀子は、これも運命なのだとあきらめて、それほど落ち込まなかったという。

問題は、大学卒業後の1年間をどのように過ごすかだ。臨時採用の教員として雇ってもらう手はあるが、できることなら教育現場には本採用の教員としてかかわりたい。そうかといって試験勉強だけしているのではヒマを持て余してしまう。

「小人閑居《しょうじんかんきょ》して不善をなすっていうでしょ」

国語が専門の由紀子は、ことわざや格言が大好きだという。長いあいだ、たくさんのひとたちの口にのぼってきたのだから、それなりの妥当性があるはずだ。それに語呂もいい。

由紀子が一番好きなことわざは、「鴨《かも》がネギを背負《しょ》ってくる」だ。初めて知ったのは小学4年生のときで、鴨がネギを背負ってこちらに歩いてくる姿がまざまざと頭に浮かび、くいしん坊の由紀子は図書室で爆笑してしまったという。

「三人寄れば文殊《もんじゅ》の知恵」にも、深い真実があると思っている。独りでとことん悩んだり、考え抜いたりするのも大切だが、みんなで話し合うなかで見つけられた解答には、滞っていた物事を無理のないペースで前進させる力があるのではないか。

「とにかく、そんなわけで、ゼミのOGの方が代表をつとめている歌舞伎町の保育園でアルバイトをすることになったんです。小学校の教員を目ざす者として、乳幼児保育の現場を知っておくことも今後の役に立つと思って」

そう言った由紀子がグラスのワインを飲みほして、克信はウエイターを呼んでおかわりを頼んだ。三段リーグの真っ最中だったが、気持ちに張りが出るし、勉強にもなるからと、克信は引き続きA級順位戦やタイトル戦の記録係をしていた。おかげで財布の中身には多少の余裕があった。

もっとも、奨励会員は基本的に無収入だ。それどころか月々1万円の会費を納めなければならない。克信が高校卒業後に独り暮らしを始めたとき、地元の深谷市役所に勤める父親は、大学に行かせたと思って4年間は仕送りをしてやると言ってくれた。その期限は今年の3月だったが、惜しくも2期連続の5位に終わると、大学院に行かせたと思って、もう2年間は仕送りを続けてやるから、がんばれと言ってくれた。父と同じ市役所につとめている兄も、克信が実家に帰るたびに小遣いをくれた。ただし、このタイミングで由紀子にその話はしないほうがいい気がした。

「克信さん」

ふいに名前で呼ばれて、克信はわれに返った。

「プロって、なんですか？　プロとアマチュアのちがいって、そんなに大きいものなんですか？　プロじゃないと、一人前じゃないんですか？」

立て続けに質問を投げかけられて、克信は面食らった。しかし由紀子は真剣そのものだ。酔っぱらっているわけでもないようで、声はそれほど大きくなかった。

「ごめんなさい。ちゃんと順序立てて説明します」

由紀子は新宿歌舞伎町にある24時間開園の認可外保育園を手伝っている。代表者であるゼミのOGはなかなかのやり手で、月に一度はマスコミが取材に訪れて、夕方や深夜のニュース番組で特集が組まれたりする。場所がら、こどもを預けているのはキャバクラやスナックといった水商売で働く女性たちが多い。中国人やベトナム人もかなりいる。深夜2時に1歳のこどもを引き取りにくるなど当たり前で、明け方5時過ぎに徹夜で働いた夫婦が3人兄弟を迎えにきたりする。

「両親はおそらく家に帰るなり倒れるように寝てしまって、こどもたちだけで起きているわけですよね。そんなふうだと、小学校にあがっても勉強どころじゃないと思うんです」

そうしたこどもたちに少しでも学習の習慣を身につけさせたいと考えた由紀子は

自腹でテキストを用意して、ひらがなや算数の基礎を教えてきた。こどもたちも由紀子をしたってくれているのだが、先日発表があり、今年度の教員採用試験に合格した。

「それは、おめでとう」

克信が満面の笑顔で言っても、由紀子は硬い表情のままだった。

「両親も弟も喜んでくれたし、もちろんわたしもうれしいんです。ただ、いまいる保育園のこどもたちを見捨てるようで……」

真の教育者を志すなら、学校という枠にとらわれる必要はないのではないか。自分が最も必要とされている場所で教育にたずさわることが、教える者にとっても、教わる者にとっても、しあわせなのではないか。

「保育園の代表者であるOGの方に、残ってほしいと言われたわけですか？」

克信が心配になって聞くと、由紀子は首を横に振った。

「ちがいます。でも、影響は間違いなく受けていると思います。カリスマ性の強い方なので」

由紀子が自信なさげに答えて、困ったように目を伏せた。たしかに電車のなかや散歩をしながらでは話しづらいことで、ワインの力を借りたのもうなずけた。

克信は手をあげてウエイターを呼んだ。

「そろそろ食べ終わるので、デザートと飲み物をお願いします」

残しておいたパンに皿のソースをつけて食べながら、克信は頭のなかをぼんやりさせた。この場合、理詰めでは考えないほうがいい気がしたからだ。

二人の皿がきれいになると、ウエイターが皿とグラスを片付けて、テーブルのパンくずを専用の器具でさらってくれた。そして、グラスに水をつぎ足したあとに、デザートとコーヒーを持ってきた。

「コーヒーは無料でおかわりできますので」

「パスタも、メインのお肉もとてもおいしかったし、ぼくたちいいお店に入りましたね」

克信が由紀子にむかって言うと、「ありがとうございます」とお辞儀をして、ウエイターがさがった。

「慣れていらっしゃるんですね」

由紀子が頼もしげな目で克信を見た。

「御苑でも話しましたけど、タイトル戦で記録係をつとめると、将棋連盟の幹事の先生や、スポンサー企業、それに地元の名士の方がごちそうしてくれるんです。なかには、気さくで気の利いた方もいて、自分もいつかこんなふうにふるまえたらいいなと思ってきたんです」

そこで克信は、「ああ、そうか」とひとり合点をした。

「さっきの質問ですがね、プロって、ひとまえで責任をもった行動を求められる。アマチュアって、本人はどんなに本気でも、ほかのひとたちからは半人前にしか見られないし、自分から一人前に扱ってくれと言うわけにいきませんよね。ぼくはこの店のお客として一人前の口を利いたけれど、将棋界では半人前以下です。いや、あえてゼロと言っておきます」

内心は忸怩《じくじ》たる思いだったが、克信はこの現実から逃げてはいけないと自分に言い聞かせた。

「由紀子さんがその保育園でいくらがんばっていても、それはボランティアの一種であって、こどもたちの学力が伸びなくても、責任は問われませんよね。でも、正規採用の教員として小学校に配属されたら、たとえ1年目でもプロの教員なわけです。保護者から、大事なこどもを託されて、管理職からも評価を受ける。受け持っている生徒の成績があんまり悪かったら、教員としての資質と能力を問題視されることになる」

うなずいた由紀子がデザートの皿をちらりと見た。アイスクリームとケーキの盛り合わせで、アイスクリームが少し溶けかけている。

「そうですね。まずは食べましょう」

「はい」

由紀子はすばやくスプーンをつかみ、アイスクリームをすくって口に入れた。冷たかったらしく、両目を固くつむってから、「おいしい」と笑顔になった。

克信もアイスクリームを口に入れると、栗《くり》の濃厚な味が広がった。コーヒーとの相性も良くて、シェフを中心とするスタッフのセンスと努力に感心した。それはそうだ。料理はひとくち食べればおいしいかまずいかわかってしまう。そして、おいしくないと思われたら、その客はもう二度と店に来てくれないのだ。

棋士にとって、プロである証《あかし》はなにかと問われたら、それは棋譜が残ることだ。四段になれば、どんな対局にも記録係がつく。自分と対戦相手の一手一手が、その手にかけた時間と共に記録されて、不特定多数の目にふれる。正当に評価されることもあれば、むやみにけなされることもあるだろう。しかし、それもこれも、棋譜が公にされるプロだからこそなのだ。

もしも由紀子が歌舞伎町の認可外保育園で働き続けるなら、自分がどんな教育をして、それがどんな成果を生んだのかをきちんと記録に残すべきだ。そして、その記録を専門家に定期的に見せて、改善すべき点をあげてもらう。その指摘をつぎに生かすというサイクルをつくれるなら、それは教育の名に値する営みと言っていいのではないだろうか。

「もしも～し、克信さん。わたしが面倒な質問をしたせいではありますが、せっかくのおいしいデザートなのだから、食べることに集中しましょう」

あわてて顔をあげた克信の仕草がおかしかったらしく、由紀子が笑っている。二人は白い皿に盛られたアイスクリームとケーキを、コーヒーと共にゆっくり味わった。

会計を済ませた克信が店を出ると、先に出ていた由紀子が「ごちそうさまでした」とお辞儀をした。午後3時過ぎだが、秋の日差しは早くも傾き、夕暮れの気配が漂っている。

　克信は最寄りの駅ではなく、御苑のほうにむかって歩いた。その右手に由紀子の左手が添えられた。ふだん将棋の駒ばかり持っている克信に、由紀子の手はやわらかく、温かく感じられた。

「ぼくは、今期の三段リーグをなにがなんでも突破して、四段になります」

　その先をどう続けるべきか、克信にはわからなかった。四段になったら結婚してくださいと言いたくても、初めてのデートでプロポーズをするのは、いくらなんでも早すぎる。しかし、ただ漫然と付き合うのでは物足りなかった。自分も由紀子も半人前だが、半人前どうしだからこそ、おたがいの存在が切実に必要なのだ。

「ぼくを、いつまでも応援してください。ぼくも、由紀子さんをいつまでも応援し続けます」

　いま言える精一杯の気持ちが克信の口をついた。自然に右手に力が入り、足がとまる。

　由紀子も足をとめて、手をつないだまま克信の正面に立った。

「ありがとう。御覧のとおりの不束者《ふつつかもの》ですが、末永くお願い致します」

（あれっ？　そうか、そうなるのか）

さっきのことばがプロポーズになってしまったことに驚いたが、克信に異存はなかった。

（それにしても、早く決着がついたもんだな。たっぷり時間をかけていい2日制の将棋が、1日目の午前中に終わったようなものだ。なにごとも、いくつもの困難や障壁を乗り越えてゴールにたどり着いてこそ、感動が溢れるのに）

もちろん、結婚の約束が成ったことが不満なわけではない。今日一日の流れを思い返せば、それこそ一手の緩手《かんしゅ》もなく最善手を指しきったことで生涯の伴侶を得たのだ。

（まさに谷川先生の「光速流」だ！）

そのとたん、詰まされたのは自分のほうではないかとの考えが、克信の頭をよぎった。そもそも、今日のデートを持ちかけてきたのは由紀子だった。そのくせ無口で、たっぷり気をつかわされた克信は、ワインの力を借りて持ちかけられた由紀子の相談に、本人以上に真剣にむき合った。

（一体全体、どっちがどっちを詰ませたんだ？）

しかし、克信はその問を打ち消した。名局と呼ばれる勝負が、両対局者の最高のパフォーマンスの結果であるように、自分と由紀子はひたすら誠実にむき合い、おいしいランチを食べながら話し合った結果、結婚にむけた交際を始めることになったのだ。

対局なら、勝敗が決したあとに感想戦をおこない、どの手が好手で、どの手が悪手だったのかを明らかにする。しかし、この場で今日一日の流れを検討する必要はなかった。わかっているのは、自分がこれまで以上に真剣に将棋に取り組もうと思っているということだ。

「さあ、帰りましょう」

克信は由紀子の手をしっかりと握り、地下鉄の駅にむかって歩きだした。

第六話　敗着さん

「すごい手が出ましたね。B1に落ちたとはいえ、さすがは瓜生《うりゅう》先生だ。秒読みをものともせず、鉄壁流の本領発揮というところですか」

東亜《とうあ》プレスの時任《ときとう》記者がノートパソコンの画面を見ながら興奮した声で言った。

インターネットによる順位戦の生中継で、天井《てんじょう》に設置したカメラによって撮影された将棋盤が画面いっぱいに映っている。同じ階の大広間でおこなわれている対局をネット中継で見るのもおかしな話で、以前は順番に盤面を見に行っていたものだと二本松英夫《にほんまつひでお》は思った。しかし、このタイミングで言うことでもないと、口にはださなかった。

時任記者はあぐらから正座にすわり直し、テーブルにおかれた二寸盤の後手玉《ごてぎょく》を2二から1二に動かした。

「ぱっと見には、自ら首を差しだしたような手だけれど、打ち歩詰めになってしまうから、持ち駒が歩しかない仙谷《せんごく》先生は寄せようがない。歴戦の勇者だからこそ指せる、恐ろしい手ですね」

（おい、時任。そんなこたァ、この控室にいる全員がわかってるんだよ。ただし、疲れて、眠くて、声が出ねえんだ）

二本松は胸のうちでぼやいた。腕時計は午後11時50分を指している。午前10時に対局が開始されたのだから、すでに14時間近い。真剣勝負をくりひろげている両棋士が大変なのはもちろんだが、取材する記者たちの疲労も並大抵ではなかった。

今日は、千駄ヶ谷《せんだがや》の将棋会館で、この瓜生九段対仙谷七段のほかにもB級1組の2局が指された。2局ともすでに終局したが、どちらも熱戦だったので、控室である桂の間で勝負の行方を見守る棋士たちや新聞記者たちも大いに興奮させられた。しかも最後に残ったこの対局が、その2局を上回る大熱戦となっているのだ。迫力満点のアクション映画を3本同時に観《み》ているようなもので、どれほど強靱《きょうじん》な心身の持ち主だってへとへとになる。

最近は、棋戦が頻繁にネットで中継されているし、棋譜だけなら、ほとんどの公式戦をリアルタイムで追うことができる。つまり、スマホ、タブレット、パソコンのいずれかの端末があれば、世界中どこにいても、棋士たちがくりだす一手一手を知ることができるわけだ。

しかし、二本松は可能な限り対局場に行くことにしていた。それも対局開始から終局まで、ずっと控室に詰めるのだ。自社が主催するタイトル戦ならともかく、順位戦C級2組の対局にまで付きっ切りになる新聞記者は二本松くらいだった。心身の負担は大きいが、できるかぎり棋士と同じ状況にわが身を置き、一手一手の意味を考えたいとの思いから、二本松は今日も千駄ヶ谷の将棋会館にやってきたのだ。

二本松英夫は全国紙・日の丸ポストの文化部記者で、53歳になる。天然パーマのせいか、髪は黒々として、鬢《びん》のあたりが白くなっている程度だ。ただし、この1～2年で体力はガクンと落ちた。深酒はできなくなったし、徹夜をしようものなら、3～4日は疲れが残る。他紙の将棋担当記者たちも50歳前後の者が多く、若造呼ばわりされている時任記者だって、来年で40歳になるはずだ。

瓜生九段対仙谷七段以外の2局は、午後10時前後にあいついで終局した。それを潮に帰っていく記者もいて、続きはネット中継で観るつもりだろうが、二本松は迷わず残った。今日のお目当てが、この瓜生対仙谷戦だったたし、控室に詰めていなければ感じられない空気があるからだ。

瓜生九段は、名人3期を含む通算11期のタイトルを獲得している押しも押されもせぬトップ棋士だ。しかし、この数年は不振が続き、昨期はついに15期連続で在籍したA級から陥落した。ただしB級1組では2戦とも完勝して、格のちがいを見せつけている。二本松より6歳下の47歳で、老け込むには早すぎる。本人もA級から陥落したのをバネに、捲土重来《けんどちょうらい》を期しているはずだ。

対する仙谷七段は売りだし中の新鋭だ。20歳で四段になると、わずか7期でB1に昇級した。C2を抜けるのには3期を要したが、C1とB2はどちらも2期で抜けたのだから、まさにむかうところ敵なし。いずれA級棋士となり、タイトル戦の常連になる大器と目されていた。

瓜生九段が元名人の貫禄《かんろく》を示すのか、それとも仙谷七段がトップ棋士を倒して、さらに名をあげるのか。初顔合わせでもある注目の一戦は、仙谷七段の先手で始まった。仙谷七段が得意の横歩取《よこふど》り、それも青野《あおの》流の最新型でのぞめば、瓜生九段もC級2組の若手棋士が前期の最終局で指した新手をくりだし、開始早々前例のないかたちになった。

両者とも、序盤から一手に5分、10分と時間をつかい、慎重に駒組みを進めていく。正午の昼食休憩までにわずか15手、午後5時半の夕食休憩になっても51手しか進まないという超スローペースの将棋になった。

ただし、控室である桂の間は午前中から熱気に包まれていた。まさにいま、現代将棋の最前線と呼ぶにふさわしい戦いがおこなわれているのだ。午後になると、若手棋士や奨励会員《しょうれいかいいん》たちも続々集まってきて、数人ずつ盤を囲み、検討を始めた。インターネット上でも話題になり、かなりの数のひとたちが瓜生対仙谷の一戦を観ているという。

しかし、若手棋士や奨励会員たちは夕食休憩を潮《しお》にほとんどが帰っていった。かれらにとって重要なのは勝敗の行方ではなく、本局と同じ戦型になりそうになったときに、あわてずに対処できるかどうかだからだ。対策ができていれば、持ち時間をロスせずに済む。研究を怠っていたら、大切な持ち時間を大幅につかわされてしまう。現代将棋は情報戦の要素が大きく、ＡＩの進歩によって、その傾向はますます強まっていた。

「おれは、プロになっていても、コンピューター時代の将棋にはついていけなかっただろうな。それにしても、世の中は変わったものだ」

この5～6年、二本松は日に一度はこぼしていた。

二本松英夫が将棋を始めたのは4歳のときだ。父がアマ六段の腕前で、息子を棋士にしようと、英才教育を施した。素質もあったようで、二本松はみるみる腕をあげた。小学2年生で初段、さらに二段、三段と段位をあげて、小学4年生のときに茨城県代表として出場した小学生将棋名人戦では初出場ながらベスト8に入った。

二本松は小学生名人になりたかった。しかし、父は1年でも早い奨励会入りをすすめた。26歳の誕生日までに四段に昇段しなければ、年齢制限によって退会となるのが奨励会の規定だからだ。

「三段になって半分」と言われるように、プロ入りを目前にした三段同士の戦いで7割を超える勝率をあげるのは容易なことではない。奨励会員は、小学生名人戦を含むあらゆるアマチュアの大会に出場できないが、それでも1年でも早く奨励会に入るべきだ。

父の説得を受け容《い》れて、小学5年生の夏、二本松は奨励会試験にのぞんだ。そして見事に合格し、6級で奨励会に入会した。それからは月に2回、牛久《うしく》から電車を乗り継いで千駄ヶ谷の将棋会館に通い、4階の大広間で奨励会員たちと対局するようになったのだが、かれを待ち受けていた苦しみは想像をはるかに超えていた……。

「さあ、仙谷さん。どうする？」

時任記者の声で、二本松はわれに返った。夢うつつのあわいで物思いにふけっているうちに、盤上では3手も進んでいた。ただし状況に大きな変化はなく、仙谷七段が瓜生九段の玉を追い詰めている。しかし詰ませられるかどうかは微妙だし、瓜生九段だって反撃に出るタイミングをうかがっているはずだ。

「勝ちをいそぎさえしなければ、仙谷先生が寄せ切りますよ」

ぼそりと言った富樫《とがし》四段は瓜生九段と同門で、今年の春、四段に昇段したばかりの新鋭だ。先輩を応援するためにきたのかと思っていたが、富樫四段は両対局者の手に対して公平に意見を述べて、二本松はそのたびに感心していた。

あらためて控室を見れば、この時間まで残っているのは、新聞記者が3人に棋士が3人の6人だけで、棋士はいずれも20代の若手だ。

「ただ、両対局者とも、30分近く一手1分の将棋を指していて、そうとう疲れているはずですからね。あせれば、どうしても見損じが出る。同門の先輩だから言うわけじゃありませんが、瓜生先生は百戦練磨です。この追い込まれた状況でも、相手の動揺を誘う勝負手を用意しているにちがいない。最終盤ですが、もう一山あると、ぼくは思います。仙谷先生が優勢であることは間違いありませんが、早く勝ちたいと思っていたら、足元をすくわれますよ」

富樫四段の冷静な分析に二本松はうなった。この落ち着きこそ、奨励会時代の自分に欠けていたものなのだ。しかも、その弱点は、未《いま》だに克服されていなかった。

自己嫌悪に陥りながら盤上を見ていた二本松の頭に詰み筋がひらめいた。

「いや、勝負手どころか、７六香打ちからの攻めで、瓜生先生が逆転しているんじゃないか。見え見えの王手だけど、ほら」

二本松は後手側の駒台に手を伸ばし、仙谷七段の玉がいる筋に香車を打った。当然、合い駒をされて防がれるが、そこから駒を総動員して攻め続ければ詰み筋が見えてくる気がする。仙谷七段が正確に受けても、攻めは途切れず、詰みまで持っていけるのではないか。

二本松が猛スピードで手を読んでいると、むかいにすわる富樫四段が口を開いた。

「その手は、ぼくも考えました。しかし、どうやっても詰みません。瓜生先生なら、そうした露骨な手ではなく……」

遠慮がちなことばながら、自分の読みをきっぱりと否定されて、二本松は落ち込んだ。

「二本松さん」

時任記者に呼ばれてノートパソコンの画面を見ると、瓜生九段が二本松の指摘した7六香車を打ったところだった。

控室が静まり、誰も言葉を発しない。それはそうだ。いくら劣勢とはいえ、弟《おとうと》弟子《でし》から百戦練磨と持ちあげられた元名人が、元奨励会員の新聞記者ふぜいと同じ間違いをしでかしたのだ。それも肝心要の勝負所で。

（また、やっちまった）

二本松は頭のなかでつぶやき、自分の軽率を後悔した。疲れていたのと、控室に若手棋士しかいないので、つい気がゆるんだのだ。

もっとも、控室の新聞記者が対局者と同じ手を思いつき、それが敗着、つまり敗戦を決定づける一手になること自体は珍しくはない。しかし二本松には、いまだに語り草になっている10年ほど前の大失態があった。おかげで「敗着さん」なるあだ名を賜り、今日もまた、その名にふさわしいふるまいをしてしまったわけだ。

パソコンの画面ではトントンと手が進んでいく。瓜生九段も、香車を打ってすぐ、その手が敗着であることに気づいたのだろう。

かたちづくりで先手玉に迫った成銀が桂馬で取られると、画面上方に瓜生九段の右手が映った。盤の隅に手を置くのは投了の意思表示だ。

「敗着さん。感想戦が終わったら、一杯やりに行きましょう」

立ちあがった時任記者があえてその名を口にだし、ドアを開けて大広間にむかう。

二本松は苦笑いをして受け流そうとしたが、気を取り直せずに両手で顔をおおった。

しばらくして顔をあげると、富樫四段が畳に正座している。

「いいのかい、行かなくて？」

二本松に促されても、棋士になって半年足らずの若者は身じろぎもしなかった。

「ひょっとして、おれのあだ名を知ってたの？」

黙ってうなずかれて、二本松は頭をかいた。

「2～3年に一度くらい、忘れたころに、思わずやっちまうんだ。見てのとおりで、いくら劣勢に立たされているとはいえ、瓜生さんクラスのトップ棋士が、元奨のポンコツ記者が思いついた迂闊《うかつ》な手を指しちまうんだから、人間というのはじつにふしぎだよね」

二本松は深いため息をついた。

「きみが黙っていても、いずれ瓜生さんの耳に入るはずだから、気にしないでいいよ。前回は、2年前の竜王戦第6局だったかな。まったく、まいるよ。『敗着さん』の命名者である、うちの下山《しもやま》デスクには知られたくないけど、ひとの口に戸は立てられないからなあ」

二本松は、もう行ってくれという意味を込めて右手を出入り口にむけた。

「今日は、ありがとうございました」

礼儀正しく挨拶をしてから立ちあがった背の高い若者に、二本松は頼んだ。

「富樫くん。時任記者に二本松は先に帰ったと言ってくれないか」

「はい。伝えます」

「悪いね」

うつむいたまま頭をさげたので、二本松は富樫四段がどんな表情で自分を見ていたのかわからなかった。

「誰を恨むわけにもいかないが、これがおれの才能の限界ってやつだ」

小声で嘆くと、二本松は鞄《かばん》を持って立ちあがり、エレベーターに乗って1階に降りた。ひと気のない売店の前を通り、夜間用の出入り口から外に出る。腕時計は午前0時25分を指していて、JR千駄ヶ谷駅まで走れば終電に間に合うかもしれなかった。しかし、自分がひらめいた手を瓜生九段が指し、それが敗着であることがわかった瞬間から、二本松は荻窪《おぎくぼ》の自宅に帰る気をなくしていた。

〈今夜は別邸に泊まります。悪《あ》しからず。〉

将棋会館を出たところで、スマホから妻の千枝《ちえ》にメールを送ると、二本松はJRの駅とは反対の方向に足を進めた。

10分足らずで着いたのは、昭和50年代前半に建てられたオンボロアパートだ。六畳一間で風呂はなし。となりがお寺の墓地なので、家賃が驚くほど安い。借りたのは二本松が24歳のときだから、30年近くも前になる。26歳の年齢制限まで残り2年となり、24時間将棋漬けになるために、父が借りてくれたのだ。

当時はまだ三段リーグはなく、三段になってから9連勝するか、直近の20局で7割を超える勝率をあげれば四段に昇段するという規定だった。つまり、例会のたびごとに新四段が誕生する可能性があったわけで、現在の半年に2名しか四段になれない規定の三段リーグよりも敷居が低かったことになる。

いずれにしても、最後となった例会で、二本松は1勝1敗に終わった。2連勝なら、四段にあがる可能性が残っていたが、午前中に指した一局に負けて退会が決まった。

【四段にあがれない。もうプロにはなれないとわかっているのに、どうしてもう一局指さなければならないのだろう？　その答えを見つけられないまま、わたしは将棋会館4階の大広間に入っていった。ここで真剣勝負の将棋を指せるのも、あと一局だけなのだ。激しい悲しみに襲われてはいても、頭の奥は冷めている。盤の前にすわったわたしは、腹をくくるとはこういうことなのかと、この期に及んで理解した。「おそい、おそすぎるよ」。胸のうちで嘆きつつ、わたしはかつてなく冷静かつ大胆に駒組みを進めていった。】

奨励会員としての最後の一局を完勝したあと、二本松は墓地を見下ろすアパートの2階の部屋で大学ノートを広げた。それまでも、主に反省の意味で自戦記を書いていたが、将棋の内容を分析するよりも、自分の心理をつづるのに夢中になってしまうことがあり、一局につき2頁《ページ》以内というしばりをはめていた。しかし、そのときは時間も文字数も制限することなく、奨励会員として過ごした最後の日の出来事を思いだすまま書いていった。実家の両親には、同じく退会となる奨励会員と飲みに行くと言ってあった。

二本松は、翌日の夕方までかかって書きあげた「無念の記」を原稿用紙に清書した。奨励会幹事でもある師匠に、お詫《わ》びと感謝の気持ちを込めて届けたところ、それが日の丸ポストの記者へとわたり、同社への就職につながったのである。棋士になれない場合を考えて、父のすすめで私立大学の文学部を卒業していたことも幸いした。

3年後に定年をむかえる土井《どい》デスクに付き従い、二本松は新聞記者生活をスタートさせた。書いた文章は跡形もなく直されて、容赦なく罵倒《ばとう》されたが、二本松はくじけなかった。将棋で負かされたときの屈辱にくらべれば、デスクの叱責など大したことはない。

二本松はA級からC級2組まで、順位戦の対局を可能なかぎり取材しては観戦記を書き、土井デスクに見せて教えをこうた。竜王戦をはじめとするタイトル戦の予選にも出かけていき、対局の開始から終局、そして局後の感想戦まで、みっちり取材する。観戦した対局は、最低3回は盤に並べた。

「自分でも気づいているだろうが、おまえさんの文章は、負けた側について書いたときのほうが断然いい。それは全身全霊をかけて棋士をめざし、奨励会三段という、アマ四段のおれから見れば雲の上である段位を獲得しながら、ついに棋士になれなかったおまえさんだからこそ、書ける文章だ」

入社3年目にして、二本松は初めて土井デスクに褒められた。

「日本人は判官《ほうがん》びいきで、負けたほうに肩入れしたがる。だから、それはおまえさんのひとつの武器になる。でもなあ、それだけじゃ、ダメなんだ。負けた者に肩入れするだけじゃなくて、勝った棋士のどこがどう優れていたのかを、新聞の読者にむけてきちんと説明しなくちゃいけない。大きく成長した棋士がいたら、どういうところが変わったから勝てるようになったのか、そして勝てるようになったことで達した境地はいかなるものなのかを、わかりやすく書きあらわさなきゃいけない。

つまり、いままで以上に人間の営みに精通していくことが求められて、そのためには将棋以外のことについて書かれた本を山ほど読むことだ」

定年退職を数日後に控えた土井デスクの親身なアドバイスがありがたくて、二本松は目を潤ませた。しかし、別れ際にわたされた本のリストを見て唖然《あぜん》とした。ギリシア悲劇、唐詩選、聖書、万葉集、プルターク英雄伝といった古典から、モンテーニュ、デカルト、ニーチェといった西洋哲学、シェークスピアにモリエール、さらに漱石《そうせき》、鷗外《おうがい》、子規《しき》といった日本近代文学の名著まで、200冊以上の本が並んでいたからだ。

「いやいや読むくらいなら、読まないほうがいい。それに、あわてて詰め込む必要もない。常時何冊かを鞄に入れておき、折にふれて頁をめくっては、いまなら興味が持てそうだと思ったときに読んでいくんだ。ありがたいことに、文化部の記者というのは、じつに悠長な商売でね。棋士にも、小説家にも、映画監督にも、俳優にも、音楽家にも、画家にも全盛期があり、力が衰えていく時期がある。プロフェッショナルであるがゆえの栄光と苦悩というやつだ。文化部の記者にだって浮き沈みはあるが、かれらに比べれば、ごくわずかなものでしかない。だからこそ、気長に自分を鍛えるんだ。本を読むだけじゃなく、映画や芝居やコンサートにも行くといい。誰とでも仲良くなる必要はないが、いろいろな分野のひとたちと付き合うようにしていくんだ」

そのころ二本松は新宿《しんじゅく》にある老舗《しにせ》とんかつ屋の次女と交際していた。新宿駅から徒歩数分のビルにある将棋センターには、若手や中堅の棋士たちが集まって研究会をする。取材がてらまぜてもらい、最新の研究動向を聞いたり、悩みごとの相談に乗ったりする。

ある日、棋士たちと夕食に行ったとんかつ屋が気に入り、週に一度は通ううちに、店を手伝う千枝とことばを交わすようになったのだ。

3年間の交際を経て、二本松が32歳、千枝が28歳のときに結婚した。千枝はサバサバした女性で、将棋のことはちっとも知らないが、結婚後も千駄ヶ谷のアパートは仕事部屋として借り続ければいいと言ってくれた。そのことを披露宴に来てくれた元デスクの土井さんに話すと、「よかったな。いい伴侶とめぐり会えた」と喜んでくれた。土井さんからの結婚祝いは、神田神保町《かんだじんぼうちょう》にある金ペン堂の万年筆だった。

「うちの給料じゃあ、なかなか買えない代物だが、おまえさんもジャーナリストの端くれなんだから、一本持っておくといい」

　土井さんが言うとおり、日の丸ポストは全国紙の中では発行部数が最も少なく、給料も安い。それでも一流大学出が大半で、土井さんも京都大学将棋部の主将をつとめていたという。高学歴なのに、くだけたひとで、だからこそ自分の後継者に二本松のような一流大学出ではない元奨励会員を選んだのだろう。

　日の丸ポストの将棋担当はもうひとり、東京大学の将棋部だった下山記者もいた。二本松より5歳上で、アマ四段というから、けっして弱くはない。ただし、奨励会三段で、指導棋士五段の免状を持つ二本松には及ぶべくもなかった。

　下山記者は出世欲が強く、日本将棋連盟の会長が出席するイベントには欠かさず同行した。自社が主催するタイトル戦は自分が仕切り、二本松を顎で使う。下山記者が控室に来るのは、B級1組以上か、タイトルホルダーが絡んだ対局だけだった。

　二本松のほうでは、それならどうぞと割り切り、全国各地に出張して、将来有望と噂《うわさ》されている少年少女の実力をたしかめたり、将棋道場を主宰する席主にインタビューをしたりした。東京に戻れば、各棋戦を予選の1回戦から取材する。

　トップ棋士の将棋を見ていてつくづく思うのは、強い者ほど勇気があり、未知の領域に果敢に踏み込んでいくということだ。弱い者ほど臆病で、安全な手を指したがる。

もちろん自戒を込めての感想で、奨励会時代の二本松は、ここ一番になると指しなれた戦型を採用した。それ自体は悪いことではないが、勝負の山場でも前例のある手を選んでしまう。奈落の底に落ちるかもしれないが、自分の読みだけを信じて、綱渡りをするように一手一手を指していくといった将棋は、ほんの数局しか指すことができなかった。

プロ同士の対局でも、どちらも負けを恐れた手ばかり指すので、見ていてイライラしてくることがある。反対に、自分も一局でいいからこんな自由奔放な将棋が指したいと、羨ましさで体がふるえることもあった。

やがて記者生活も10年が過ぎ、二本松英夫は日の丸ポストの将棋担当記者として知られた存在になっていた。夫婦仲も良く、3人のこどもがすくすく育ったのは千枝のおかげだった。

もっとも、千枝も気持ちがふさぐことがあるようで、そういうときは実家に行き、こどもたちは母親や姉妹に見てもらい、店の手伝いをする。はりきって働いたあとは父親が揚げてくれたとんかつでおなかをいっぱいにして、元気を回復するというわけだ。

3人のこどもは、女・女・男という順で、二本松は全員に将棋の手ほどきをしたが、ひとりとして興味を示さなかった。残念ではあるものの、自分が果たせなかった夢を負わせなくてすんだわけで、肩の荷がおりたというのが正直なところだった。

40代になると、二本松は自分の人生について考えることが増えた。将棋担当記者としてそれなりに活躍しているし、家庭も円満だが、悔いがないと言えばウソになる。

【一局だけでもいいから、棋士として将棋を指したかった。】

ある晩、二本松は千駄ヶ谷のアパートで土井さんにもらった金ペン堂の万年筆を握り、大学ノートに書いた。自分と同じ歳《とし》の棋士の対局を観戦したあとで、奨励会では14局指して二本松が9勝5敗と勝ち越していた相手だ。かれは22歳で四段になったものの、ずっとC級2組で、5年前にフリークラスに陥落した。おそらくC級2組に復帰することはなく、数年後には引退をよぎなくされるだろう。新四段に一方的に負かされる姿は哀れで、私生活でもよくない噂《うわさ》を聞いており、二本松は声をかけずに帰ってきた。もしかすると、むこうでは新聞記者に転身した元ライバルのことを羨んでいるかもしれない。しかし、たとえどんなに惨めな結果に終わったとしても、二本松は棋士になりたかった。

ブルーブラックのインクで書いた文字がノートに落ちた涙でにじむ。歯を食いしばっても、涙はとまらなかった。しかも、こんなときにかぎって、序盤で劣勢に立たされた苦しい将棋が頭によみがえる。あせらずに受けて、相手のミスを誘おうとしたが、じっくり攻めてこられて、自陣が徐々に崩されていく。しかし、まだ一縷《いちる》の望みがある気がする。相手陣にもスキがないわけではない。

（飛車を切り、桂馬と金を取って、一気に襲いかかれば……）

起死回生の願いを込めて放った勝負手がそのまま敗着になってしまった奨励会三段時代の一局を思いだしながら、二本松は六畳一間のアパートで涙にくれた。

その2日後からは王位戦の第4局で、二本松は対局場となった札幌市内のホテルに前夜から詰めた。自社が主催する棋戦でもないのに下山記者も珍しく控室にいて、検討に加わっている。デスクへの昇格が内定したので、気が大きくなっているのだろう。

将棋はこれまでの3局と同様に1日目から源田《げんだ》王位が優勢だった。この第4局も挑戦者が落としたら、源田王位の4勝0敗で終わってしまう。石川《いしかわ》八段はプロになって18年目にして初めてのぞんだタイトル戦だったが、緊張からか、気の毒なほど精彩を欠いていた。

「石川先生、1勝すれば気が楽になるんでしょうけど、このままだと厳しいなあ。3連敗で地元である北海道に帰ってくるっていうのも、最悪の展開ですよね」

下山記者の発言に相槌《あいづち》を打つ新聞記者はひとりもいなかった。アマ四段の腕前でも、下山記者はそれほど将棋が好きではなく、一部の有名棋士を除けば、棋士をリスペクトしてもいないことは、記者仲間に知れわたっていたからだ。

二本松は下山記者から離れていようとしたが、今回に限って、なぜかむこうがくっついてくる。

「二本松くん、どうなんだい？　石川先生にもう逆転の目はないの」

2日目の午後3時過ぎに、二本松は下山記者に聞かれた。石川八段の劣勢は明らかで、自分でわかるだろうと言ってやりたかったが、同じ社の先輩ではあるし、ひとまえでもあるので、そこまで邪険にするわけにはいかなかった。

「よく粘っているとは思いますが、源田先生がよほどのポカでもしないかぎり、逆転は無理でしょう」

そう答えながらも、二本松は心のなかでは石川八段を応援していた。むこうが2歳上だが、奨励会入りはこちらが2年早く、何度も対戦した間柄だ。石川八段は中学生になってから将棋を始めたという変わり種で、しかもこれほど才気を感じさせない棋士も稀《まれ》だった。いまでも、二人きりで話すときは、「石川八段」や「石川先生」ではなく、「石川さん」と呼んでくれというので、恐れ多いと思いつつ、奨励会時代と同じ「さん」付けで呼んでいた。

奨励会で初めて対局したのは、おたがいが1級のときだ。こちらがグズグズしているあいだに、石川さんに追いつかれたのである。初手合いでは、二本松が序盤で優位に立った。中盤でもリードを広げたが、寄せに入ろうとしたところで逆襲にあい、あと一歩で逆転されるところだった。一見すると地味な手なのに、指されてみると猛烈に痛い手をこれでもかと指してくる石川さんのしつこさに二本松は冷や汗をかかされた。

盤の前を離れれば、石川さんは気さくで親切なひとだった。なにを言っても上から目線にならない奇特な人柄で、二本松は石川さんのおかげで才気走った将棋に粘りを加えることができた。初段、二段、三段へはほぼ同時にあがったが、石川さんは三段になってわずか1年で四段になった。

プロ入り後も棋風は変わらず、諦めを知らない無骨な棋士として、コアなファンを獲得していた。ただし、石川八段の熱烈なファンでも、まさか40歳を過ぎてタイトル戦の挑戦者になるとは思っていなかったはずだ。B級1組のヌシとして存在感を示してはいるものの、一度としてA級にあがることなく、トップ棋士と呼ばれることもないというのが、石川八段のイメージだからだ。

実際、石川八段はタイトル戦の挑戦者決定戦にことごとく敗れてきた。いくら調子が良くても、今回も敗退するだろうと二本松でさえ思っていたところ、大方の予想を裏切り、歴史ある王位戦7番勝負の舞台にあがることになったのである。

これまでの3戦を控室で観戦しながら、二本松は記者であることを忘れて、100パーセント石川八段を応援していた。源田王位は通算24期ものタイトルを獲得している超有名棋士だし、棋王位も所持している。どうか王位を1期だけでいいので、石川さんに持たせてやってほしい。

そんな願いもむなしく、源田王位は全力で挑戦者を倒しにきた。負けても、せめて好勝負であれば救われるが、石川八段は将棋の内容も悪かった。前夜祭での発言も、回を重ねるごとに消極的になっていき、集まってくれたひとたちのあいだから失笑が漏れるようになっていた。

「会長がいい加減腹を立てていてね。ほら、つぎにあるタイトル戦はうちの社が主催だろ。石川先生が1勝でも返してくれたら、少しは会長の機嫌が良くなるんじゃないかと思ってさ」

下山記者がその程度の理由で石川八段を応援していたのかと、二本松は呆《あき》れて声も出なかった。二人はひとめをさけて、ロビーの隅で話していた。

「どのタイトル戦であれ、白熱したほうがいいに決まっているからね」

下山記者はいつになく真剣だった。

「棋士のみなさんが日々研鑽《けんさん》をされて、将棋が進歩していることは、僕だって知っている。しかし羽生《はぶ》フィーバーも遠い昔で、このままじゃ、将棋人口は減っていく一方だ。新聞社だって、どこも経営は苦しいから、10年後にはタイトル戦がひとつやふたつ減っているかもしれないと言われていてね」

そうした噂は聞こえていたが、二本松はあえて耳をふさいでいた。それに、いくら大局的な見地から将棋界の将来を考えているにしても、下山記者の幇間《ほうかん》めいた態度が褒められたものでないことに変わりはない。

「わかりました。わたしも微力ながら、将棋界を盛りあげるようにがんばります」

二本松は頭をさげて、ロビーから控室に戻った。すると、棋士や記者たちがざわついている。

「どうしたんですか?」

そばにいた東亜プレスの時任記者に尋ねると、源田王位がポカをしたという。

「事件ですよ、それも大事件。源田王位がリードを全部吐きだして、ひょっとしたら石川八段が逆転したんじゃないかって」

二本松が驚いて別室の大盤解説場にむかうと、こちらも大騒ぎになっていた。

「ここに龍をつくられるのは、さっきのポカをした瞬間に覚悟したでしょうが、じっさいにやられてみて、源田王位はまいっているでしょうなあ」

口達者なベテラン棋士・神崎《かんざき》七段が手のひらほどの大きさの飛車の駒を裏返し、大盤の一番上の段に打った。ところが、マグネットが弱っていたのか、龍の駒は床に落ちた。

「こりゃいかん。縁起の悪いことをしてもうた。石川さん、すんません」

機転の利いた話術で笑いをとりながら、神崎七段は1メートル四方ほどの大盤の周囲を手のひらでさすり、龍を一段目に打ち直した。

二本松は盤面を見て、胸が高鳴った。源田王位は攻めの拠点だった成銀をただで取られたうえに、石川八段に龍までつくられたのだから、まさに大事件だ。

「これでもまだ五分五分なんですが、源田王位のショックは大きいでしょうからねえ。あのまま10手も指したら、王位を防衛して、ウン百万円の賞金が入っていたわけですよ。なによりプレッシャーから解放されて、勝利の美酒を飲み、みなさんから祝福されていたはずが、もう勝負の行方《ゆくえ》はわからない。わたしたちだって、いつまでこの大盤の前に立たされることになるのかわからない」

神崎七段のことばに80名ほどの観客たちがどっと沸いた。じっさい、上下ピンク色のダブルのスーツに白いフレームの眼鏡《めがね》をかけた姿はお笑い芸人そのものだ。

「さあて、ここからどうなっていくかですが、ぶっちゃけて言えば乱戦ですな。源田王位が苦心しながら優勢を保ってきたのに、それが根本から崩れてしまったわけです。ただ、まだ望みがあるとすれば、持ち時間をタップリ残していることですな。挑戦者の石川八段は、きのうの1日目からぎょうさん時間をつこうてきたから、3時半だというのに、あと20分しか残っていない。ポカはね、やられたほうも、ビックリ仰天で調子が狂うんです。まして初のタイトル戦で、ここまで3連敗しているわけですからね。石川八段がうまいこと気持ちを整えて逆転勝利をつかめたら、このシリーズの行方もわからなくなりますよお」

神崎七段がじょうずにまとめたので、会場から拍手がおきた。

「僕、小1時間話し続けて疲れましたんで、ひと休みしますわ。でも勝負所ですからね。それに挑戦者は持ち時間がないから、そう長いこと考えていられへん。そうや、そこに立ってはる日の丸ポストの二本松記者、あんた、10分ばかり大盤解説をしてください。みなさん、あの方、新聞記者のなかでは一番強いんでっせ。それも、ダントツで。ああ、丁度ええ。下山記者もいてはる。あの方も日の丸ポストの将棋担当です。なんと東大出のエリートなんですが、将棋はそんなに強うない」

そこで観客が一斉に笑った。

「さあ、前に来たり、来たり。逃がしませんで。北海道新聞の方、王位戦はおたくら新聞三社連合の主催ですが、10分間だけ、日の丸ポストの二人に大盤解説をまかせてもかまいませんか」

神崎七段に聞かれて、部屋の奥に立つ担当者が両腕で大きな丸をつくった。こうなってはしかたなく、二本松は大盤の前に立った。振り返ると、下山記者もこっちに歩いてくる。

「みなさま、日の丸ポストの二人の記者に拍手をお送りください」

司会の女流棋士にうながされて、会場から盛大な拍手がおきた。

「おれが聞き役になるから、きみは局面の解説をしてくれ」

下山記者から耳打ちされて、二本松は小さくうなずいた。

「わたくし、下山と申します。この二本松記者は、挑戦者である石川八段とは奨励会時代からの友人同士ということで、いろいろ面白いエピソードがあると聞いております。ただ、残念ながらといいますか、本局がまさに勝負所を迎えておりますので、まずは二本松記者に現在の状況を解説してもらいます」

流暢《りゅうちょう》な話しぶりに感心して、二本松は観客に一礼してから現局面を説明した。先手の石川八段が相手陣の一段目に龍をつくったところで、王手になっているから、源田王位としては合い駒をして防ぐしかない。歩は打てないので、おそらく桂馬を打つ。そこで手番が回ってきた挑戦者がどう出るのかが、本局の勝敗を決める。

「なるほど。本当にまさに山場、勝負所ですね。それでは、せっかくですので、二本松君に石川八段の『つぎの一手』を2つ予想してもらうことにしましょう。AとB、それにAB以外をCとして、会場のみなさんに当ててもらいませんか」

大盤解説場がさらに沸いたが、二本松は青くなった。いくらでも変化のある局面で、とても2つに絞れない。アマ四段なんだから、そのくらいわかれと文句を言いたかったが、この盛りあがりに水を差すのもはばかられた。

「え〜と、まさか、こんなことになるとは、これはまいったなあ」

ボヤキながら二本松は頭を高速で回転させた。

「問題はスピードなんです。源田王位が先手玉を詰ます前に、石川八段は相手玉を詰まさなくちゃならない。あたりまえのことなんですが、たとえ途中で手番をわたしても、源田王位のほうでも一気に寄せることはできなくて、もう一度手番が石川八段に戻ってくるなら、それでいいわけです。そこまでを読み切って、あわてずにいくのか。それとも、相手に手番はわたせないと判断して、つぎの一手からの攻めで寄せにいくのか。う〜ん、これは僕ごときの棋力ではとても正解を導きだせない難しい局面です。さて、どうしたものか……」

二本松が悩んでいると、モニター内で源田王位が６一に桂馬を打った。

「おう。そうは言っても、きみの最初の読みは当たったよ。さあ、源田王位の桂合いを受けて、石川八段がどう出るのか？　わが日の丸ポストの二本松英夫記者が考えたAとBは、それぞれどんな手なのでしょうか？」

下山記者にあおられた二本松の頭に、アクロバティックな一手が思い浮かんだ。４三金打ちで、虎の子である持ち駒の金を同銀とただで取られてしまうが、５三歩成るとすれば、後手陣のかたちが崩れて、寄せ筋が生まれる。いや、正しくは、生まれるような気がする。

「二本松君をせかしてしまったけれど、この局面、石川八段は残りの時間をつかいきって考えるんじゃないかな。そのくらい難しいと、私のごとき棋力の者でも思います。とはいえ、あと3分でAとBをね」

どうやら下山記者はこうした場がお手のものらしく、二本松をいじって観客の笑いをとっている。

「できました。では、大盤を使って説明します。ただ、あまりゆっくりしていると、石川八段が指してしまうかもしれないので、説明はごく簡単にしておきます。僕の実力がバレないように」

二本松のことばにも会場から笑いがおきた。

「Aは、1五角打ち。端に打った角で、5一の玉に直接迫る一手です」

ふと見ると、壁際に棋士が3～4人いて、面白そうにこちらを見ている。二本松は、新聞記者の分を越えたふるまいをしていることに今更ながら気づき、足がふるえた。しかし、ここまできて引っ込むわけにはいかない。

「Bは6四歩。龍とのコラボで、左側からの攻めは一気に厚くなります。源田王位に手番をわたしても、しのぎ切れるという読みが前提の一手です」

6四に歩を打った二本松は、あらためて観客席にすわるひとたちを見た。札幌在住の方が多いのだろうが、80名ほどの将棋ファンが興味津々という顔でこっちを見ている。中年以上の男性がほとんどのなかに、高校生や大学生らしい若者もいて、3人だけだが女性もいた。

（このひとたちを大切にしよう。怯《ひる》まずに、自分の力を披露しよう）

「そして、AB以外をCとするということだったんですが、じつは、もう一手、面白い手を思いつきました。まだ読み切れていなくて、本当に思いつきでしかないのですが、4三金打つというアクロバティックな手が頭に浮かんでしまって。つまり虎の子の金を捨てて、5三にと金をつくるという手なわけですが、これだとどうなるのだろうと、みなさんにも一緒に考えてみてもらいたいと思っているところなんです。ですから、僕からは、A、B、Cとあげたので、それ以外はDということでお願いします」

「お～」「ほお」「う～ん、どうなんだ」

観客席から様々な声があがった。

「さあ、もう少し考えたいところでしょうが、時間もないので、このあたりで挙手による投票にうつります。そうだ、あの、大変申しわけないのですが、当たっても賞品は用意しておりませんので」

下山記者の軽妙なトークに、また笑いがおきた。しかし、二本松はじっとモニター画面を見つめていた。

「えっ？」

二本松が思わず声をあげると、「どうした?」と聞いてきた下山記者もモニター画面を見て驚いた。

「あっ、4三金。みなさん、これは大変なことになりました。うちの二本松がひらめいた、好手か悪手か判然としないアクロバティックな4三金打ちという勝負手を石川八段が指しました」

興奮した下山記者がモニター画面を見つめたまま大盤解説場の観客たちに説明した。

「たしかに4三金打ちですが、ちょっと、これは、どう言えばいいのか……」

さすがの下山記者も戸惑っていると、神崎七段が戻ってきた。

「二本松さん。あんた、ほんまにえらい手を予想してくれはりましたなあ。この一手で石川八段が勝ったら、二本松さんに『将棋世界』の取材が来まっせ」

二本松は、ピンク色のスーツを着た神崎七段にマイクを返して退出しようとした。

「ダメダメ。これはもう、決着がつくまで帰すわけにはいきません。4三金の意図を聞かせてください。これがもしも成立したら、羽生マジック級の妙手でっせ。どのみち、源田先生は長考です」

やむを得ず、二本松は大盤をつかい、先手4三金打つに後手が同銀と応じ、先手5三歩成るとしてからの手を動かしていった。しかし、8手目に後手玉が5三にあがったとき、詰めろがかからないことに気づいた。

モニター画面に目をやると、源田王位が4三同銀と取って、二本松は頭のなかが真っ白になった。

「あっ、石川さん、二本松さんとまったく同じように見損じはったんや。いやあ、これはまあ、なんと言うたらええのか。二本松さん、とつぜん大勢の前にひっぱりだして、ホンマに申しわけありませんでした」

神崎七段に深々と頭をさげられても、二本松はどう返事をすればいいのかがわからなかった。

「いやいや、神崎先生。悪いのは私共のほうです。場を盛りあげるためのお誘いを真に受けて。丁重にお断り申しあげるべきだったのに、図々しくも、ノコノコと前に出てきてしまいまして」

下山記者は腰を低くしてあやまると、二本松のほうをむいた。

「おい、二本松君。このことを気に病んじゃいけないよ。結果的に敗着となったようだが、きみは歴史ある王位戦の挑戦者である石川八段と同じ手を思いついたんだ。しかも神崎七段だって、あの４三金打ちが間違いだと、すぐには気づかなかった。それはすごいことだと、僕は思う。しかし、その手は、やはり敗着だった。そこできみに、敬意を込めて、『敗着さん』という名前を進呈しよう」

神崎七段が「ぷっ」と吹きだし、大盤解説場が大きな笑いに包まれた。

「みなさま、お騒がせしてしまい、誠に申しわけありませんでした。これに懲りずに、日の丸ポストをよろしくお願い致します。王位戦を主催する北海道新聞をはじめとする新聞三社連合のみなさま、どうかひらにお許しくださいませ」

万雷の拍手に送られて、二本松は下山記者と共に廊下に出た。そして腕を引かれるままエレベーターに乗り、宿泊しているシングルルームに入れられた。

「後始末はおれがするから、すぐに支度をして東京に帰るんだ。おまえは悪くないし、今日のようなことは二度とは起こらないだろう。なあに、ひとの噂も七十五日というから、そんなに気に病むな」

下山記者からやさしいことばをかけられたが、依然として二本松の頭は真っ白だった。それでも衣類をスーツケースに詰めて、帰り支度を整えた。

それからあとのことはよくおぼえていない。ホテルの前からリムジンバスに乗ったのか、それとも札幌駅から列車に乗ったのか、気がつくと二本松は新千歳空港のロビーにいて、しかも手には羽田《はねだ》空港行きの最終便のチケットが握られていた。

「『敗着さん』とは、よく名付けたものだ。さすがに文化部のデスクになるだけのことはある」

夜遅くに帰り着いた千駄ヶ谷のアパートで、二本松はつぶやいた。これ以上、自分にふさわしい異名はないと思ったが、悔しさはあったし、なにより巻き添えにしてしまった石川さんに合わせる顔がない気がした。

その晩、二本松は押入れにしまっていた奨励会時代の棋譜ノートを探しだした。そして、夜が明けるまで、石川さんとの対局を何局も盤に並べたのだった。

10年以上前の出来事だが、きのうのことのようにはっきりおぼえている。以来、「敗着さん」のあだ名はすっかり定着したらしく、二本松が控室で観戦していると、終盤の山場で、記者仲間からつぎの一手を予想してくれと頼まれることがあった。ところが、そういうときは相手の期待にそえず、正しい手を読める。そして、今日のように、われ知らず夢中になって観戦しているときに、「敗着さん」の本領を発揮してしまうのだ。

「それもこれも、おれが全身全霊で将棋を愛しているからこそだ」

強引に開き直ると、二本松は六畳一間のアパートで盤にむかい、瓜生九段対仙谷七段の一局を初手から並べていった。

瓜生九段と仙谷七段の対戦から2週間が過ぎた日曜日の午前10時半、二本松は荻窪の自宅でテレビのスイッチを入れた。おなじみのNHK杯テレビ将棋トーナメントのテーマ曲が流れだす。今日の対戦は源田王位対仙谷七段、しかも解説は石川九段だ。

昨年、石川さんはタイトル獲得0期、A級在籍0期のまま、勝利数で九段に昇段した。二本松はもちろん昇段祝いの会にかけつけた。

「おめでとうございます」

二本松は恭《うやうや》しくお辞儀をした。

「他人行儀なことはよしてくれ。それより、先月の観戦記、すごくよかったよ。ぼちぼち観戦記やコラムを一冊にまとめたらいいんじゃないか。藤井聡太《ふじいそうた》君が連勝しているおかげで、時ならぬ将棋ブームだ。ベストセラーになって、エッセイスト賞を獲《と》ったりしてな」

石川さんは朗らかで、九段になれたのがうれしくてならないようだった。それはそうだ。九段というのは、プロ野球で言えば、名球会入りに匹敵する栄誉ある称号なのだ。そして、そのときも、石川さんは「敗着さん」にまつわる一件についてはなにも話そうとしなかった。

それは源田王位も同じだ。やはり昨年、源田先生は8期ぶりに王位の座についた。石川さんとのシリーズの翌年にはタイトル防衛に失敗したが、執念で返り咲きを果たしたのだ。二本松はインタビューをお願いした。ただし、「敗着さん」の由来になった石川さんとのシリーズのことはなにも聞かなかったし、むこうからも言ってこなかった。

そんなことを思い返しているうちに、テレビのなかではどんどん手が進んでいく。先手番の仙谷七段が優勢で、先々週の瓜生九段との対局と同じく、臆することなくトップ棋士に挑んでいく。

もっとも、アラフィフの二本松としては、どうしてもベテラン勢を応援したくなる。いくら反射神経がものを言う早指しのNHK杯でも、長年鍛えあげた技で小癪《こしゃく》な若造を倒してほしいのだ。

そのとき、源田王位が持ち時間をつかって考えだした。どこから攻めていくのか難しい局面だが、二本松はひらめいた。

「ここは後手からの6四角打ちがいい手なんじゃないか？」

思わず口走ると、二本松はその後の変化を読んだ。

「おいおい、源田さん。6四角打ちだって。先手が角を合わせてきたら交換して、もう一度6四角を打ったら、今度は合わせられないんだから、攻守が逆転して、一気に優位を築けるでしょう」

妻とこどもたちは出かけていて、自分しかいないリビングルームで二本松は声を張った。

「石川さんも、解説なのに、黙って考えてないで、6四角を指摘しなさいよ。まさか見えてないの？　ああ、ダメだ。そうなったら、もう6四角は打てないよ」

その後も見どころはあったが、仙谷七段が押し切って、源田王位から公式戦での初勝利をあげた。

「お時間が10分ほどありますので、5五歩と突いたあたりからお願いします」

解説室から対局場に移った司会の女流棋士が言うと、両対局者がうなずいて駒を並べていく。すると、石川九段が手を伸ばした。

「この局面、後手から6四角打ちはありませんでしたか?」

解説者の指摘に、源田王位が驚いている。

「えっ、6四角」

そう言いながら、源田王位が駒台の角を打った。

「なるほど。ああ、これはありますね。気づかなかったが、たしかに、この手を指していれば、攻守が入れ替わって……」

いかにも口惜《くや》しそうに、源田王位が駒を動かしている。

「そうですね。たしかに6四角を打たれていたら、ぼくのほうからは有効な受けがない……」

仙谷七段も、まるで敗者のような顔で頭をかき、「いやあ、この手は見えていませんでした」とぼやいた。

「おお、ほら。おお、やったぞ。まあ、たまにはこういうことだってあるんだ。しかしまあ、『敗着さん』の汚名返上とまではいかないか」

独り言にしては大きな声で話しながら、二本松はうれしさをおさえきれずにリビングルームのなかを歩きまわった。

「今日のことをコラムに書きたいけど、やめておいたほうがいいんだろうなあ。まぐれだって言われるのはわかってるけど。ああ、悔しい。悔しいなあ」

「敗着さん」こと二本松英夫は阿波踊《あわおど》りのように両手を振りながら、テーブルのまわりを歩き続けた。

第七話　最後の一手

（なんだ、その程度の手に、バカ高い駒音をさせおって）

森川淳《もりかわじゅん》は肚《はら》を立てたが、声にはださなかった。

（将棋道場の腕自慢が指すような、から威張りもいいところの、つまらん手じゃないか。それとも、一段目につくったご自慢の龍を、こっちが底歩《そこふ》でしっかり受けたあとに、あっと驚くような妙手を用意しているのかい）

淳の肚立ちは止まらなかった。63歳といえば、還暦をとうに過ぎている。しかも、かつては二冠を保持した実績十分のベテラン棋士なのだから、相手の無理攻めを冷静にとがめて、上手の貫禄《かんろく》を見せればいい。しかし、淳はイラ立ちをおさえようとしなかった。

ただし、頭の一角は冷めている。正確に言えば、気持ちが高ぶると、それに反比例するようにして頭の一角が冴《さ》えていく。カッカして、怒鳴りだす寸前までできているのに、「渋い！」と控室の検討陣がそろってうなるような冷静な指し手が浮かぶのだ。自分でもふしぎな性質だと思うが、将棋を始めた5歳のときからこうなのだからしかたがない。

（ほら、いくら読んでも、おまえさんにチャンスはないよ。デビューから15年かけて、B級2組にあがってきた努力は認めてやるから、さっさと降参して出直してきな）

そのとき、淳は相手のねらいに気づいた。龍とは反対側にと金《きん》をつくり、それを拠点に中住まいの玉を挟み撃ちにしようというのだ。これだと駒の補給がきくので、攻めが途切れず、寄せまでもっていかれてしまう可能性がある。

（クソッ、生意気な。王座3連覇、十段1期、王将2期、A級在籍通算17期のこの森川九段を相手に、猪口才《ちょこざい》なマネをしてくれるじゃないか）

頭が熱くなり、耳鳴りがしてくる。心臓の鼓動が速くなる。

（ちくしょう、負けてたまるか。負けてたまるか）

手元のおしぼりや飲み物には目もくれず、淳は歯を食いしばった。ますます頭が熱くなっていく。オーバーヒートをおこす寸前まで自分を追い込んでいくのが、勝負所での淳のやりかただった。ひと呼んで、「負けてたまるか戦法」、略して「たまるか戦法」ともいう。同門の先輩棋士が15歳の淳にからかい半分でつけたものだが、当人は大いに気に入り、娘たちの名前を「玉《たま》」と「瑠香《るか》」とつけたほどだ。

（負けてたまるか。負けてたまるか）

気合いが入る一方で、頭の一角が冴えを増していく。

（見えた！　一段目の龍は放っておいて、6四の歩を成る。9一の馬を3七に引いてくれれば、攻防に効いて、相手の攻め筋を消せる。ざまあ見やがれ、貴様ごときがB2で指すのは10年早い。おれは死んでもC級には落ちん。それどころかB1に舞い戻り、A級に返り咲いて、「森川は終わった。時代遅れの老いぼれはサッサと引退すればいい」とほざいていた連中をあっと言わせてやるんだ。コンピューターに頼りきった若造どもに、将棋の神髄を見せてやる！）

頭のなかで吠《ほ》えに吠えながら、淳は読み落としている筋がないかを慎重に確認した。そして、6四の歩を6三に成った。後手は手を抜けず、同銀と取るしかない。

（さあ、この一手でおまえは終わりだ！）

馬を持った手に力が入り、「パチン！」と駒音が鳴った。その瞬間、淳は頭を殴られたような衝撃を受けた。からだが前に倒れて、額が盤に当たった。

「森川先生。森川先生」

「いかん。動かすな。早く救急車を」

対戦相手や記録係のあわてた声を聞きながら、淳の意識は遠のいていった。

気がついたとき、淳はベッドに横たわっていた。鼻と口は酸素マスクで覆われていて、右腕には点滴の針が刺さっている。

「あなた」

「おとうさん」

「おとうさん、よかった」

妻の佳代子《かよこ》と二人の娘、玉と瑠香が涙を流して喜んでいる。それはわかったが、淳には応じるだけの力がなかった。

「あなたは、対局中に、くも膜下出血を起こしたんです。ひどい出血で、一時は危篤だったんですよ。でも、お医者様たちが10時間以上もかけて、難しい手術を成功させてくださって」

涙で声をつまらせながらの妻の説明を聞いて、淳は事情を理解した。

（また将棋を指せるようになるのだろうか。盤に駒を並べるだけでなく、命を削り合うような、本気の勝負ができるのだろうか。将棋が指せないなら、生きている意味はない）

そう考えると頭がひどく痛み、淳は目をつむった。

森川淳が四谷《よつや》3丁目の自宅に帰ったのは、対局中に倒れてから3ヵ月後だった。右半身に軽度の麻痺《まひ》があり、あせると言葉がつっかえる。なにより右手がうまく動かないのには閉口した。

「根をつめてものを考えるのは、最低半年間、できれば1年間はやめてください。わたしもアマ四段で、小学生のときは本気で棋士を目ざしていたので、森川先生にどれほどつらいことを申しあげているのか、わかってはいるつもりです」

30代半ばの男性医師は、退院する前日に懇願するように告げた。淳がそっぽをむいていると、「森川先生」と叱るような声で呼ばれた。

「包み隠さずに申しあげます。先生の寿命は、もってあと10年です」

これには淳もぎょっとなった。血圧を下げるための薬を常用しても、長年の高血圧によって傷み、もろくなった脳内の血管を修復することはできないのだという。

「10年以内に、8割以上の確率で、もう一度くも膜下出血が起きます。それは現在の医学では防ぎようがありませんし、間違いなく命取りになります。ですから、まずはしっかりリハビリをしていただき、健康に留意した生活を心がけて、体力と気力の許す範囲で棋戦に復帰していただきたいというのが、先生の棋譜を何度も並べて、こんなにも縦横無尽な攻め将棋が指せたら、どんなに幸せだろうと思いながら、勉強させていただいた若輩者の願いです」

「わかりました。ご忠告を、たしかに承りました」

お辞儀をしながら、淳は自分がかつてなく謙虚な気持ちでいるのに気づいていた。

四谷三丁目駅近くの三栄《さんえい》公園に面した11階建てのマンションが建つ250坪の地所のうち40坪は、かつて淳が所有していた。妻・佳代子の母親が持っていた土地を公示価格で買い取ったもので、1980年当時、都内の土地の値段はそこまで高くなかった。それが5年後にはバブル経済のおかげで10倍を超える地価になり、都市銀行が一帯の開発に乗りだした。淳は40坪の地所と引き換えに、新築された高級マンションの1階と2階の東南に面した3LDKの部屋を手に入れて、2階は賃貸にした。タイトルを保持し、勝ちまくっていたころではあったが、お金の心配をせずに勝負にのぞめるようになったのは大きかった。

そのマンションの1階で、入院中に64歳の誕生日を迎えた淳はリハビリに励んだ。佳代子に見守られながら、医師に教わったメニューを黙々とこなす。将棋盤にむかうのは一日に30分以内と決めたが、最初のうちは5分で頭が疲れた。2ヵ月、3ヵ月と過ぎて、将棋勘は多少戻ってきたものの、体力面の不安は解消されなかった。早指しの将棋ならともかく、持ち時間が6時間の順位戦を戦うのはどうやっても不可能だ。

淳はみずからフリークラスに移った。今後は、自分が希望する棋戦にのみ参加する。妻と娘たちは、淳が完全復帰にこだわるにちがいないと心配していたそうで、穏当な決断を歓迎しながらも、肩透かしを食わされたと正直にうちあけた。

「それこそ外野の考えってやつでね。プロ同士の対局で勝つっていうのは、それはそれは大変なんだから」

第一線から退いたものの、淳は将棋を指すことをあきらめたわけではなかった。持ち時間の短い早指しの棋戦での復帰を目ざし、盤にむかう時間を少しずつ増やしていった。

退院から半年が過ぎたころから気力も湧いてきたが、相変わらず右手が利かない。慣れない左手だと、指していて感じが出ない。

「いっそのこと、まるきり将棋をやめちまうかな」

ある日、冗談半分で言うと、佳代子に真顔で反対された。

「将棋は続けてください。あなたから将棋を取ったら、なにも残らないじゃありませんか。2~3日でボケてしまうと、あたしは本気で心配しています。将棋を続けて、対局に勝って、お金を稼いできてください」

言われてみれば、まさにそのとおりだ。村田英雄《むらたひでお》が唄った『王将』の歌詞にあるとおり、「吹けば飛ぶよな将棋の駒」に命をかけて生きてきたのだ。それにしても、左手では駒を打ちづらい。それこそ一手指すごとに不満に思っていると、懇意にしている日の丸ポストの二本松記者がコンサートに招待すると言ってきた。

「おまえねえ、このおれにピアノリサイタルなんて、猫に小判、豚に真珠だよ。娘たちの発表会だって、すぐに寝ちまうんで、二度と来ないでって怒られた話をしたことがあっただろう」

淳が文句を言っても、元奨励会員の二本松記者は平気だった。

「先生、この舘野《たての》さんという方は、左手だけでピアノを弾くんです。先生と同じように脳出血で右半身が利かなくなってしまい、その後は左手一本でピアノを弾くようになって、かえって音楽の深いところがわかるようになったそうです」

妻の佳代子も、舘野泉《いずみ》さんのことは知っているという。もともと音楽が好きだし、夫が倒れてから情報を集めているうちに、そうした男性ピアニストがいると聞いて、いつか演奏を聴いてみたいと思っていたとのことだった。

「でも、片手でも弾ける楽器って、ピアノくらいよね。その点では、舘野さんは恵まれていたんだって思ったわ」

そう言いながら、佳代子は三味線を弾くまねをした。佳代子の母親は荒木町《あらきちょう》の芸者で、三味線弾きとして活躍していた。淳の師匠がお座敷好きで、師匠のお供をしているうちに、佳代子の母親が四段になりたての淳を見込んだのだ。

「森川先生、うちの長女をもらっていただけませんか。器量は十人並みよりちょっと上くらいですけど、肝が据わっていて、そのくせ気が利く、なかなかの娘ですよ」

淳よりひとつ下の23歳、料理と裁縫、それに酒の支度は仕込んである。三味線も少しは弾けると聞いて、淳は会ってみることにした。

「どうだった?」

師匠に聞かれて、「母親より、なお粋でした」と淳は答えた。「師匠、一日も早く話をまとめてください。おれ、強くなります」

「いいねえ、そうこなくちゃ。おれのことなんざあ、さっさと追い抜いて、名人になっちまいな」

「はい。いえ、おれ、死に物狂いでがんばります」

佳代子と結婚した淳は段位をかけあがった。夜遊びもきっぱりやめて、佳代子の手料理とお酌でくつろぐ。やがて二人の娘に恵まれて、長女の玉はクラシックギター、次女の瑠香がチェロを弾くようになったのも、母方の血筋によるのだろう。

とにかく、佳代子も行きたいというので、淳は64歳にして初めて、クラシック音楽のコンサートを聴いた。そして、それはすばらしかった。左手一本からくりだされる音色が心に沁《し》みたのだ。

「両手で華麗に弾いてきたのが、左手だけになったことでかえって、ひとつひとつの音、音と音のつながりをより大切に感じられるようになったと、なにかのインタビューで、舘野さんが語っておられました」

　万一に備えて同行してくれた二本松記者が帰りのタクシーのなかで言った。

「ピアノと将棋では、利き腕がつかえなくなることの影響は異なると思います。しかし、僕は先生が新たな境地を開かれるのではないか。そして、それは将棋界にとって、とても大切なことなのではないかと考えているんです。将棋界はいま、史上最年少棋士・藤《ふじ》井《い》聡《そう》太《た》君の活躍で、かつてないブームに湧いています。ＡＩのソフトが急速に進歩したことも、いい方向に働いている。しかし棋士ほど人間くさい存在はなく、長くトップを張ってこそ一流なのだと、僕は考えています。人生１００年と言われる長寿社会で、森川先生のような方が、老いながら、どのように将棋を指されていくのか。先生の姿に、多くのひとたちが勇気づけられるにちがいありません」

　倒れる前の淳だったら、「四段になれなかった新聞記者ふぜいが生意気を言うな」と一喝していたはずだ。ところが、二本松記者のことばまでもが心に沁みて、淳はあやうく涙をこぼしかけた。

「利き腕でない左手で指すことで、おれの将棋にどんな変化が生まれるのか。それは、実際に何十局も指してみなくちゃわからんことだが、たしかに楽しみではあるな。今夜はありがとう。恩に着る」

淳は当然のお礼を言ったつもりだったが、助手席の二本松記者は「そんな、もったいない」と感極まっていた。

翌日から、淳はダイニングキッチンのテーブルで棋譜を並べた。対局は、畳に座布団がほとんどなので、家でもそうしてきたが、このからだでは姿勢を保つだけでくたびれてしまう。娘たちに将棋の手ほどきをしたときに買った本榧《ほんかや》の二寸盤をだしてきて、椅子にすわって駒を動かす。佳代子のほうでも、目が届くところに夫がいるので助かるという。

しかし、慣れない左手では、やはり調子が出ない。舘野さんは倒れる前から左手もつかってピアノを弾いていたはずだが、こちらの左手は扇子《せんす》を持つか、脇息《きょうそく》にもたれるかで、要するにまるでつかっていなかったのだ。

「指がおぼえている」

「指がその手を選んだ」

「気がついたら、指が勝手に駒を動かしていた」

将棋界では、指にまつわる名言・至言は尽きない。淳も、指のほうが先に動き、頭がその手の意図を後追いで理解するといった経験を何度となくしてきた。その点では、棋士の指はピアニストの指に負けないほど雄弁で繊細だ。右手の指には、これまでに指してきた無数の指し手の記憶が刻み込まれているのである。

「左手で指すというのは、右手に頼らずに将棋を指すということだ。良くも悪くも癖だらけの右手とおさらばするのも面白いか」

淳が独り言をつぶやくと、「そうよ。その歳《とし》で心機一転なんて、すばらしいことじゃない」

と台所に立っていた佳代子が応じた。

「わたし、知らなかったけれど、あなたって、将棋をしながら考えついたことをそのまま口にだすのね」

「結婚40年目の発見とは、うれしいねえ。そうだよ、おれは対局中もしゃべりっぱなしさ。もっとも、声にはださないようにしているけどね」

そこでエプロンを外した佳代子がテーブルのむかい側にすわったので、淳はさらに続けた。

「黙って考えていると、悲観的になりやすいから、頭のなかでとにかくしゃべるんだ。ほとんどは相手の指し手に対する罵詈雑言《ばりぞうごん》だから、口にだしたら大げんかさ」

「あなたらしいわね。右手から左手に替えても、あなたらしい将棋ができるわよ」

「そうだな。まあ、見ていてくれ」

しかし、言うは易《やす》く、おこなうは難しだった。ひと目で指し手がわかり、パチンと駒音を立てて、「さあ、どうくる」と構えるといった具合に、リズム良くことが進んでくれないのである。左手では、駒をよく見ないと持てないから、ほんの一瞬だが集中が途切れる。そして、もう一度局面を確認したうえで、のろのろとした手つきで駒を置くため、「本当に、この手でいいのか」と無用な疑念が生じてしまう。

それ以上に困ったのは、「負けてたまるか戦法」がつかえないことだ。頭に過度な圧をかけたら、血管が切れて一巻の終わりなのだから、笑いごとではすまされない。

「リズムよく指せず、勝とう、勝とうと躍起になってもいけないときた。いったい、どうすりゃいいんだ」

おまけに淳は、涙もろくなった。夕方のニュース番組を見るともなく見ていると、

3人のこどもを育てるシングルマザーの特集が始まり、見ているうちに、泣けて泣けて、どうにもならなくなった。

「あなた。ちょっと、しっかりしてください」

これまで不人情だと罵られることはあっても、妻に活を入れられたのは初めてだった。

将棋とは、あらゆる勝負事がそうであるように、情け容赦のない世界だ。相手を一方的に叩《たた》きのめしても、恨みごとを言われる筋合いはない。大駒小駒を縦横無尽にくりだす迫力満点の攻めに加えて、相手の機先を制する堅実な守りで、淳はトップ棋士に昇りつめたのだ。

私生活においても、淳は自他に甘えを許さなかった。友人はほとんどおらず、弟子もひとりもとらなかった。将棋連盟の役職についたこともない。趣味もなく、自宅で将棋の研究ばかりしている。

娘たちについても無頓着で、佳代子にまかせきっていた。娘たちの進路はもちろん、結婚相手についてもろくに知ろうとしなかった。

年子の玉と瑠香は結婚したのも1年ちがいで、どちらも結婚から2年目に男の子を生んだ。しかし淳は孫を棋士にしようとは思わなかった。トップ棋士になるためには、よほどの才能に恵まれていなければならない。それは親子の顔が似ているといったレベルの遺伝ではなく、突然変異的に授かる特殊な能力なのだ。淳が娘たちに教えたのも駒の動かしかただけで、ハナから棋士にしようとは思っていなかった。

といったしだいで、淳は孫の名前もうろおぼえで、娘たちに呆《あき》れられていた。ところが、いまや孫たちがあそびにくると聞いただけで眼尻が下がってしまう。

「いいじゃないか。おとうさんも普通の人間だったということだよ」

玉の夫は義父の変化を歓迎したそうで、瑠香の夫も同じようなことを言ったらしい。ところが、当の娘たちはそろって不満を述べた。

「おとうさんは不人情なまま、将棋に命をかけていればいいのよ。いまさら好々爺《こうこうや》になられたって、はいそうですかというわけにはいかないわ」

これは玉が佳代子に語ったことばだ。玉も瑠香も、名前の由来に対する憤りが、いまなお消えていないらしい。しかし淳には、これまでの自分のふるまいを反省する気持ちなどかけらもなかった。問題なのは、右手をつかえず、躍起にもなれず、そのうえ涙もろくなった状態で、どうやって勝利をもぎ取るのかだ。娘と、その夫たちは勘違いしているようだが、淳は以前と変わらず将棋の対局に勝つことしか考えていなかった。長年つれそった妻だけに、佳代子は夫の本質が変わっていないことにやがて気づいた。

「本当に、転んでもただでは起きないひとね。それで、どの棋戦で復帰するつもりなの？」

「ＮＨＫ杯」

妻の問いに、淳は即答した。

「目立ちたがりなところも、そのままね。二本松さんに頼んで、どこかのテレビ局で復帰するまでを追ったドキュメンタリー番組をつくってもらったら」

「それはいやだ。こっちの弱みを敵に教えるなんて、バカげてる」

せっかくの提案を拒否されて、佳代子はむくれたが、夫の気力が衰えていないことを知って安心したようだった。

くも膜下出血で倒れてから2年5ヵ月後、66歳になった森川淳九段はＮＨＫ杯の予選に出場するために千駄ヶ谷の将棋会館にむかった。紋付き袴にしたのは、和服のほうがからだへの負担が少ないからだ。ところが、ともに予選突破に挑む棋士たちには悲壮な覚悟を秘めているように見えたということを、あとになって淳は聞いた。

将棋会館の正面入り口付近には主だった新聞社の将棋担当記者が取材に来ていたし、ＮＨＫのスタッフからも対局中の姿をテレビカメラで撮影したいという申し込みがあった。すでに対戦相手の有賀《ありが》五段の許可は取ってあるという。

「そうですか。わたしもかまいません」

丁重に応えて、淳は特別に用意された5階の控室に入った。対局を2年半近く休んだものの、これまでの実績で1回戦はシードされていた。持ち時間は20分、つかいきったあとは一手30秒という超早指しの対局に2連勝すれば、4年ぶりにＮＨＫ杯本戦への出場がかなうのだ。

（それは、あくまでも結果にすぎない。今日の目的は、いまの状態で本気の対局にのぞんで、心身にどんな影響があるのかを知ることだ。ことによったら、今日の1局目で引退することになるかもしれないがな）

淳は無言で確認すると、あとはソファーにもたれてぼんやりしていた。視界に入らない場所には、妻の佳代子がすわっているはずだ。対局場である4階の大広間室には大勢のひとがいるが、控室にいるときに倒れたら大ごとになってしまう。対局に妻をともなったのは、これが初めてだった。

ノックの音に続けてドアが開き、スーツにネクタイ姿の若者が入ってきた。

「森川先生、30分後に対局開始でお願いします。5分前に、お迎えにまいります」

淳は袴《はかま》を外し、トイレで用を済ませた。そこまではひとりでできたが、朝もそうだったように、袴は佳代子に着けてもらった。ふたたびソファーにもたれた淳は気持ちの高ぶりをおさえかねた。

「そろそろ行くとしよう」

迎えを待たずに淳は立ちあがった。すかさず佳代子がそばにきた。

「ひとりで行けるよ。対局室までひとりで歩いて行けないようじゃあ、話にならない」

「いってらっしゃいまし」

部屋の真ん中で見送る佳代子に左手をあげて、淳は廊下に出た。すぐのところに、さっきの若者が待っていた。ずいぶん感心だと思うと、自然に表情がゆるんだ。

4階の大広間では、すでに相手が下手に正座していた。床の間のまん前で、その列に置かれた盤はひとつだけだった。

「取材の関係で、このようにさせていただきました。森川先生の駒台は左側に置きました」

付き添ってくれた若者に、淳はうなずいた。振り駒がおこなわれて、相手の先番になった。5～6年前に一度だけ、朝日杯で対戦したことのある棋士で、そのときは淳の完勝だった。いまだに五段でいるところを見ると、あまり警戒する必要はないのだろう。ただし、油断は禁物だ。

「お願いします」

淳は左手を膝についてお辞儀をした。右腕は和服の袖のなかだ。

将棋は横歩取《よこふど》りになった。とんとんと進むので、左手の動きが追いつかず、どうしても気がせいてしまう。

(ダメダメ、カッカしちゃいけないよ。持ち時間のことは考えないで、最初から一手30秒のつもりで指すんだ)

自分に言い聞かせると、淳は左膝を立てた。そこに左の肘を突き、左手を頬に当てる。行儀が悪いが、将棋をおぼえたてのいたずら小僧に戻ったようで、いい気分だった。

（おっ、面白い手を思いついたぞ。ひょっとして、これは新手なんじゃないか）

うれしさで笑みをもらしながら、淳は左の金をくりだした。相手の手がとまったところをみると、本当に新手だったらしい。時間をつかわされた相手はあせりからリズムを崩し、終盤にさしかかる局面でちょっとしたミスをした。淳はすかさずとがめて、相手玉をしとめた。

「森川先生、復帰戦に勝利した感想をお願いします」

ＮＨＫのスタッフにマイクとカメラをむけられて、淳は答えた。

「そりゃあ満足さ。つぎも勝って本戦出場を決めたら、もっとちゃんと答えるよ。ただし、ライトの加減には気をつけてくれたまえ。カメラのフラッシュも。強い光を受けたショックで、脳の血管が切れて、お陀仏《だぶつ》になることもあるそうだからね」

うそとも真ともつかない話で新聞記者たちを煙《けむ》に巻き、淳は控室に戻った。

「あら、その顔は勝ったのね。すごいじゃない」

佳代子が喜ぶ顔を見て、淳もうれしくなった。そして昼食休憩をはさんだ対局にのぞんだが、こちらは大熱戦になった。昨年四段になったばかりだというが、１局目の五段より、はるかに強い。始まる前は、ろくに相手の顔を見ていなかったので、淳はつぎの一手を指してから視線をあげた。

（キリリとした、いい顔だ。あくどいところなど微塵《みじん》もない、真っ当な男の子だ）

こんな孫がいたらどんなにうれしいだろうと思っていると、相手が淳の守備駒を攻めてきた。

（おっ、そうきましたか。頭にはあったが、指されてみると、こいつは相当やっかいだぞ。もう、おまえさんの顔は見ないことにするよ）

淳は盤面に集中した。強手には強手で対抗し、こちらも相手陣の急所を攻める。読み間違えたら、その瞬間に負けが決まるきわどい勝負になり、秒読みに追われるなかで、淳は必死に指し手を読み続けた。

（おい、二本松よ。ピアノと将棋は、まるで別物だぞ。ピアノは、自分ひとりの世界で、名曲の調べと対話するそうだが、将棋には相手がいるんだ。しかもそいつは、猛獣のようなパワーと、怪盗のような知恵を併せ持ったヤツで、あらゆる手をつかっておれの玉《ぎょく》を詰ませようとしてくる。局後に棋譜を見れば、双方の一手一手がからまり合い、美しい均衡が築かれているのかもしれないが、対局中にそんなことを

考えているヒマなんてありゃしねえ。ほら、来た。またしても、とんでもねえ強手を指してきやがった。こいつは強敵だ）

淳は夢中だった。時々、自分が左手で指していることを意識したが、それよりも自分の玉を救い、相手の玉を詰ますにはどうすべきかだけを一心に考える。

（おい、佳代子。ひょっとしたら、今日ここで逝っちまうかもしれないが、許してくれ。とにかく、この一局は最後まで指し切ってみせる。もちろん、勝つのはおれだ）

自分に拍車をかけながらも、淳はリラックスに努めた。死にたくないからではなく、対局中に倒れたら、2年前と同じく、こちらが明らかに勝勢でも負けになってしまうからだ。

淳はひたすら手を読み、そして指した。最善手を指しているという自覚はあったが、相手も最善手で応じてくるので、どちらが優勢かはわからなかった。ただ、頭が命ずるままに、不自由な左手で駒を動かしていく。

「あっ」

とつぜん相手が声をあげた。

「負けました」

お辞儀のあとに背筋を伸ばしたので、若者の顔がよく見えた。ながく棋士をやっているが、こんなに気丈で凜々しい男は初めて見ると淳は思った。悔しくてならないはずなのに、正面を見て、身じろぎもしない。

ずっと片膝を立てていた淳は盤上に目を移した。たしかに相手の玉が詰んでいる。秒読みに追われて、桂馬が利いている地点に逃げてしまい、頓死をしたのだ。

「ありがとうございました」

はっきりした声で言うと、対戦相手の若者は一礼して立ちあがり、廊下に去った。

「森川先生、おめでとうございます」

聞きおぼえのある声だが、淳には顔をむける力も残っていなかった。

「まずは、少し休ませてもらえませんか」

誰にともなく言って、座布団にあぐらをかいた姿勢で目をつむる。ほてっていた頭とからだが急速に冷えていく。

「森川先生、控室に参りましょう」

この声は二本松だと思っても、返事をするだけの力がない。淳は車椅子に乗せられて、佳代子の待つ5階の控室に戻った。そのままソファーに横になると、毛布をかけられた。

「ご苦労様でした。おめでとうございます」

佳代子の手が淳の肩におかれた。目をつむったままじっとしていると、じょじょにからだが温まってきた。

「佳代子」

声にならない声でも、妻には聞こえたようだった。

「はい、なんでしょう」

「将棋連盟の会長が、たしか来ていたと思うんだ。それから、NHKのどなたかにも、この部屋に来るように頼んでくれないか。せっかく勝ったけど、本戦は辞退する。今日の2局目が、おれの最後の一局だ」

じっさいに対局してみてわかったのは、指しだしてしまえば本気になるという、単純な事実だった。NHK杯の本戦となれば、今日以上に本気になってしまうはずで、決着がつくまで命がもつ保証はなかった。

「その程度のことが、今日の2局目を指すまでわからなかった。強い相手と当たってよかった。申しわけないが、本戦は辞退します」

　ソファーに腰かけた淳があやまると、将棋連盟の会長とＮＨＫのプロデューサーが顔を見合わせた。４階の大広間では、新聞記者たちが淳にインタビューするために待っているという。

「どうでしょう、森川先生。今日のところは、本戦に出場するという方向で対応していただくわけには。復帰して即、ＮＨＫ杯出場ということで、大きな反響が起きることが予想されますし、同年配のひとたちで、先生の活躍に励まされる方も多いと思うんです。たしかに、藤井聡太君の活躍で空前の将棋ブームが沸き起こっていますが、それをさらに大きなものにしていくためにも、ぜひ森川先生が……」

　プロデューサーが言いたいことは理解できたが、淳にはもう本気の対局は無理だということがわかっていた。

「今回の件は、わたしが全て責任を負いますので、森川九段の意志を尊重してくださいませんか」

　淳より15歳ほど年下の会長が頭をさげた。淳が欠場する枠は、後日あらためてトーナメント戦をおこなうことにする。インタビューは、今日はおこなわず、日を改めて引退会見として場をもうける。

会長のてきぱきとした対応には、プロデューサーも口を挟めなかった。

「30分ほどしましたら、わたしから記者のみなさんに事情を説明いたします。森川先生は、可能なら、その間にタクシーでお帰りください」

「ありがとうございます。では、そうさせていただきます」

淳のとなりに立っていた佳代子が答えて、深々とお辞儀をした。

「森川先生、すばらしい一局でした」

そう言って部屋から出ていこうとする会長を、淳は呼びとめた。

「2局目に当たった子は、なんという名前ですか？ 四段になったばかりだそうですが」

「大辻弓彦《おおつじゆみひこ》四段。関西のホープです」

こちらをむいて答えると、会長はプロデューサーと共に部屋を出ていった。

「そんなに強い子だったの？」

佳代子に聞かれて、「ああ、強い。筋のいい、しっかりした指し手だった。おまけに、素直で、やさしそうな子でね」

「あなたがひとを褒めるなんて珍しいわね。そんなにやさしい子なら、病みあがりのおじいさんを倒しちゃいけないと思ったんじゃないかしら」

「おまえねえ、それは、あの子にも、おれにも失礼ってもんだよ。将棋っていうのは……」

淳は癇癪《かんしゃく》をおこしながらも、頭の冷めた一角で、本当にそうかもしれないと思っていた。

自分ではしゃんとしているつもりでも、若者の目には、よほどの年寄りに見えたにちがいない。まして、脳出血からの復帰戦なのだから、相手はどうしたってこっちの体調が心配になる。心配してはいけないと自分に言い聞かせるだけでも、負担になっていたはずだ。

「でも、よかったわね。最後の対局に勝てて。会長にも、すばらしい一局でしたって言われて」

淳は佳代子の言葉尻を捕らえた。

「すばらしいって言われたって、おれは終局図も正確におぼえちゃいないし、おまけに勝ったたっていうのに、最後の一手は相手の逃げ間違いだからな。どうせなら、駒音高く、相手の玉を討ち取ってやりたかったのに」

　淳の声が大きいので、佳代子があわててドアを閉めた。

「それだけの元気があるなら、本戦に出たら？」

「いいや、無理だ。今日の2局目だって、指し終わるまで命がもってくれたら、そのあとはどうなってもいいってつもりで指していたんだ。ああいう思いは、一度でたくさんだよ」

「わかりました。わたしはもうなにも言いませんから、静かにうちに帰りましょう」

　千駄ヶ谷から四谷にむかうタクシーのなかで、淳は微塵も後悔を感じなかった。体力は衰えたが、棋力の衰えをそれほど感じずに引退する自分を幸せだと思った。

（もう、十分だ。最後の一局は、相手の頓死だが、とにかく勝って終われて、万々歳だ）

　目をつむったまま、淳は胸のうちでつぶやいた。

「うん。万々歳」

　こちらは声に出て、淳は左手でとなりにすわる佳代子の右手を握った。

解説

杉本昌隆《すぎもとまさたか》（棋士）

著者の佐川光晴さんと初めてお会いしたのは2019年の「将棋ペンクラブ大賞」の授賞式。本書『駒音高く』が、文芸部門で優秀賞を受賞されたときだった。佐川さんの奥様やお子様も出席されており、子煩悩《ぼんのう》なお父さんという印象。そのときにご子息が研修会経験者と聞いて「ああ、なるほど」と納得したのを覚えている。

本書を読んでいただけるとお分かりの通り、将棋界の制度や慣習など、かなり詳しく描かれている。

また将棋の持つ素晴らしさや友情、棋士を挫折した男の哀愁、命を掛けてでも指したい勝負等、著者がいかに真摯《しんし》に、そして徹底的に将棋界のことを研究されていたのかが窺《うかが》えた。「勝負師」の親でなければ分からない感情はリアリティ十分で、これは佐川さんご自身の体験も踏まえられてのものだろうか。

人生は一局の将棋の如《ごと》し。地元ではアマの五段や六段、「天才」と言われた少年少女が棋士の世界を目指し、研修会や奨励会に入る。しかし、そこを抜けて卒業できるのは約2割。それは「年齢制限」があるからで、21歳の誕生日までに初段、26歳の誕生日を含むリーグ終了までに四段にならないと奨励会を退会しなければいけない。だから私たちは、修行時代は誕生日が大嫌いである。

藤井聡太《ふじいそうた》二冠は奨励会を10歳から14歳までわずか4年間で駆け抜けた。はた目には順風満帆。しかし彼にだって辛《つら》い敗戦は何度もあった。

同時期のライバルたちも年齢制限で次々に去っていった。ついこの前まで藤井の兄（弟）弟子だった仲間たち。この世界においては文字通り兄弟のようなものだが、年齢制限が来た瞬間、一夜にしてその関係が崩れ去る。そんな彼らを見ていると胸が詰まる。

そんな世界だが、本書は全体的に明るいタッチで描かれており、読み心地《ごこち》はすこぶる良い。将棋の厳しさだけでなく、楽しさや素晴らしさ、人の情を感じる作品でもある。

第一話の、将棋会館清掃員の女性に目を向けたのも斬新で、私自身が小学生の頃に接してもらった掃除のオバちゃん（すみません）を思い出し「ああ、そうだったのか」と腑《ふ》に落ちた。もっとも私はこの登場人物の少年のように明朗で素直な子どもではなかったが……。

本書第一話と最終話で登場する大辻弓彦《おおつじゆみひこ》君。それ以外でも頻繁に名前が出てくる彼は、私たち棋士が言う「棋士になるべくして将棋界に入ってきた人」。その予想通り本書でも一話ごとにぐんぐん成長していく。

だが、本書での彼は決して主役ではなく、むしろ脇役なのだ。それがこの本の抜群のスパイスとなっている。

本書では羽生善治《はぶよしはる》九段や藤井聡太四段（当時）など、何人かの棋士の名前が挙げられている。ストーリーの中で直接かかわることこそないが、登場人物が実在の棋士を意識している描写があるのが面白い。

「将棋では、自分以外はみんな敵」

「一局だけでもいいから、棋士として将棋を指したかった」

胸に残る言葉が随所にあるが、読者のお気に入りの言葉を探してみるのも面白いだろう。

本書を最後まで読んだ感想。

「大辻弓彦君、よく頑張ったな。おめでとう」

「富樫克信君《とがしかつのぶ》。女性に好かれる人間的魅力も一つの才能。ちょっと羨《うらや》ましいぞ。しかしプロポーズは棋士になるまで許さん」

最後は師匠目線になってしまった。

全7話はそれぞれ独立しながらも、登場人物がどこかでつながっている。それが何とも心地よい。

将棋をテーマにした、著者の次の作を楽しみにしたい。

〈短　評〉

第一話「大阪のわたし」

東京の将棋会館で清掃員として働く奥山《おくやま》チカが主人公。仕事の傍ら、棋士や奨励会員、そしてチカ自身に子どもがいたらおそらく孫に近い世代の研修会員たちを優しい目で見守る。

ふとした機会に大阪を訪れ、関西将棋会館による。将棋道場で出会った少年は東京の研修会員であり、今は関西奨励会員の大辻弓彦君。「将棋」という接点により、人と人が心で触れ合える素晴らしさを軽妙なタッチで描いている。

第二話「初めてのライバル」

棋士・有賀《ありが》先生の教室に通う小学5年生、初段の野崎翔太《のざきしょうた》君が主役。三つ年下の小学2年、もうすぐ三段の山沢貴司《やまさわたかし》君の存在にライバル心が芽生える。自分より強い年下の強敵を認めつつ、年上の意地もあり何とか追いつこうとする野崎君。同級生のサッカー仲間・大熊《おおくま》君に「小5が小2に負けるなんて」とからかわれ、必死に反論する野崎君。小学生特有の遠慮のないやりとりを見ると童心に返る。頑張って強くなった野崎君。最後は山沢君との勝負で勝ち寸前までいくが、時間がなくて結局引き分け。でも対戦相手の山沢君は分かっている。この勝負は自分が負けだったと。勝負を介して、いつの間にか二人が本当の友達になっているのが微笑《ほほえ》ましい。

最後に教室の卒業生のエース、大辻弓彦君の名前が出てくる。後の話になるにつれ、成長していく彼をいつの間にか応援したくなる。

第三話「それでも、将棋が好きだ」

研修会員の小倉祐也《おぐらゆうや》が主人公。棋士を目指す将棋好きの少年の夢と現実との間で揺れ動く心の葛藤を描いている。

棋士を目指す研修会員や奨励会員の心情は受験生に近く、片時も気が休まることはない。

負けることやその世界から去ることは、人生の「負け」では決してない。必ずしもハッピーエンドではないが、それだけに記憶に残る話である。

第四話「娘のしあわせ」

小学5年生の女の子、葉子《ようこ》の母親の悦子《えつこ》が主人公。

将棋にまい進し、勝負の道を突き進む娘を見守る悦子を親の目線から描いている。月並みで平和な家庭で育った我が子。その子の心に芽生えた勝負師魂。ぐんぐんと成長していく我が子を頼もしく思いながらも「自分の手の届かないところに行ってしまうのではないか」と心配する親ならではの感情。親と子、どちらの立場で読んでも共感した。

第五話「光速の寄せ」

棋士までもう一歩に迫っている富樫克信と教師見習いの本村由紀子《もとむらゆきこ》の淡く純な恋愛を描いた作品。

年齢制限まであと6期とあるから克信は23歳なのだろう。同世代が大学を卒業し、焦り始める年齢。

（どうしたら闘志が湧くのだろう？）

あと一歩抜け出せない虚無感の中、教師志望の由紀子と出会う。

デートの場で将棋の持ち時間や秒読みの説明を熱心にする克信。いわゆる「棋士あるある」でちょっと笑ってしまった。

将棋の駒には個性があり、弱点も必ずある。しかし他の能力を持つ駒と連携しあうことにより、お互いの弱点を補い合うことができる。

「半人前」同士の二人を見てそれを思いだした。

第六話「敗着さん」

元奨励会員、中年男の新聞記者・二本松英夫《にほんまつひでお》が主人公。自分の予想した手を対局者が指し、なぜかそれが敗着となってしまう。だから「敗着さん」のあだながつく。なお敗着とは、指した瞬間に「ああ、しまった」と後悔するようなうっかりは少なく、むしろ最善と信じて選んだ手であることが多い。

つまり、棋士の敗着を当てる二本松は限りなく棋士に近い感性の持ち主。しかし、そんなことを彼に言っても何の慰めにもならないのだろう。

「一局だけでもいいから、棋士として将棋を指したかった」

夢に手が届かなかった本音が哀愁を誘うが、棋士の心情が痛いほど分かる二本松は、人情味あふれる熱い文章を書くはず。いかにも現実にいそうなタイプで、私は仲の良い元奨励会員の仲間数人の顔が浮かんだ。

第七話「最後の一手」

「老兵は死なず消えゆくのみ」ではないが「老兵は盤上で死す」という言葉が浮か

んだ。

熱血のベテラン棋士森川淳《もりかわじゅん》63歳。いわゆる元トップ棋士だが、とにかく性格が熱い。

命に係わる大病を抱えながらリハビリに励み、復帰戦を指すまで回復する。

復帰戦2戦目。若手の大辻弓彦四段と激戦を繰り広げる森川。

激戦のさなか、恍惚感《こうこつかん》に浸るさまは（今、自分の命が尽きても悔いはない）という勝負師特有のもの。死闘ともいえる勝負をものにした森川だが、体力の限界を感じてそこで引退を表明する。

気力と体力が続く限界まで頑張り抜くのは一流の証《あかし》。勝負、情熱、才能、執念、未来、色々なものを感じさせる森川の棋士人生。全7話の最後を締めくくるにふさわしい作品だ。

単行本　二〇一九年二月　実業之日本社刊
文庫化にあたり、加筆修正をおこないました。

本作はフィクションです。実在する人物および団体とは一切関係ありません。

（編集部）

実業之日本社文庫 さ62

駒《こま》音《おと》高《たか》く

2021年2月15日　初版第1刷発行

著　者　佐川光晴《さがわみつはる》

発行者　岩野裕一
発行所　株式会社実業之日本社
〒107-0062　東京都港区南青山5-4-30
CoSTUME NATIONAL Aoyama Complex 2F
電話［編集］03(6809)0473［販売］03(6809)0495
ホームページ　https://www.j-n.co.jp/
ＤＴＰ　ラッシュ
印刷所　大日本印刷株式会社
製本所　大日本印刷株式会社

フォーマットデザイン　鈴木正道（Suzuki Design）

ISBN978-4-408-55644-4（第二文芸）